안나푸르나
킬리만자로
몽블랑
에베레스트
랑탕, 코사인 군도

영혼이

산악인 신진철의

자유를

세계 명산 등반기

만나다

신진철 지음

청어

영혼이 자유를 만나다

신진철 지음

발행처 · 도서출판 **청어**
발행인 · 이영철
영　업 · 이동호
기　획 · 최윤영 | 김홍순
편　집 · 김영신 | 방세화
디자인 · 김바라 | 오주연
제작부장 · 공병한
인　쇄 · 두리터

등　록 · 1999년 5월 3일(제22-1541호)

1판 1쇄 인쇄 · 2012년 9월 20일
1판 1쇄 발행 · 2012년 9월 30일

주소 · 서울 서초구 서초3동 1595-10 봉양빌딩 2층
대표전화 · 586-0477
팩시밀리 · 586-0478

홈페이지 · www.chungeobook.com
E-mail · ppi20@hanmail.net
ISBN · 978-89-97706-22-8 (03810)

영혼이

산악인 신진철의

자유를

세계 명산 등반기

만나다

등반기를 시작하며

고산을 오르는 것은, 신비와 경이의 세계로 가기 위해 고독과 고통을 감내하며 나아가는 순례의 길이다. 그 길 위에서 오욕을 하나하나 벗어 내린 맑은 육신은, 나를 존재하게 한 모든 인연에 감사하며 나 스스로에 게도 감사를 보낸다.

그러고 나면 나도 모르게 가슴에 쌓였던 삶의 체증 같은 진한 눈물이 올라온다. 지금까지 살아온 모든 것이 눈물이 된다. 회한의 눈물, 그리움 의 눈물, 감사의 눈물, 행복의 눈물……, 눈물들이 육신의 마지막을 비워 내게 한다. 그리고 얻어지는 새털 같은 영혼은 자유라는 시공에서 마음 껏 유영한다. 이러한 희열들이 향수처럼 가슴에서 부르고 있는 것이 고 산에 가는 가장 큰 이유라면 이유일 것이다.

산에 오르는 그리 길지 않는 시간 동안, 인생에 대해 자신에게 묻고 또 묻는 삶과 죽음에 대한 이분법적 사고에 깊이 빠져 들게 된다. 아마 평소 에 그렇게 진지하게 생사에 탐구하는 시간을 가지기란 쉽지 않을 것이다.

이제까지 걸어온 삶에서 온전히 물러서서 자신을 성찰하는 시간을 가지게 되며 목표하는 여정을 소화하고 난 뒤 얻어지는 성취감은, 범부로서 느껴보는 자신에 대한 가장 행복한 찬사다. 이는 모든 것을 비워낸 뒤 얻어지는 자유를 유영한 영혼이 해탈의 환희를 짧게나마 맛보는 시간이 아닐까 싶기도 하다.

산행의 고된 여정과 그 고된 여정의 길 위에서 만난 대자연의 신비와 비경, 그리고 그 품에서 아침햇살처럼 맑게 살아가는 생명들과 교감한 감동을 제대로 전달하고 싶었다. 그래서 산을 사랑하고 자연을 사랑하는 이들에게 만분의 일이라도 그 감동을 전하고자 등반기를 쓰게 되었다. 비록 졸작이지만 육신을 녹이는 아픔이 산정의 여정에 늘 함께했다는 사실만이라도 깊게 이해하고 읽어주면 큰 위안이 될 것 같다.

경남 양산에서 신진철

영혼이 자유를 만나다

차례

영혼이 자유를 만나다

2001. 3. 8 - 3. 21

안나푸르나 등반기

카트만두—포카라— 좀슨— 투크체—가나— 따또파니—고래파니—간드렁—
촘롱—밤보—히말라야 호텔—마차푸차레 B.C—안나푸르나 B.C—히말라야
호텔—밤보—촘롱—지누랄라—비레탄띠—포카라, 카트만두 역사유적과
나가라곳 뷰포인트 탐방

3월 8일

그렇게도 염원했던 그날이 왔다. 새벽 2시에 잠이 깨어 다시 잠을 청해도 눈이 감기지 않는다. 텔레비전 화면에서 여러 번 보아왔던 만년설이 쌓인 비경의 히말라야, 그 장엄한 설원으로 오늘 드디어 출발한다. 가슴이 벅차다. 솔직히 고산에 대한 두려움도 있다. 그러나 미지의 세계에 대한 새로운 도전이 나를 더 설레게 한다.

2000년 9월 백두산 중국령 8개봉을 완주하던 날, 하산 길 장대한 능선에서 하늘이 우리에게 축복을 내리듯이 백두의 고원 위로 쌍무지개가 피어올라 우리를 감탄케 했던 일, 백두산 고래등을 타고 올라 천지에서 감격의 노래를 불렀던 일, 그리고 장백폭포의 하얀 두 물줄기가 승천하는 기세로 날아오르듯 내리던 신비한 포말들……. 엊그제 같던 그날의 감동이 상상의 히말라야와 겹치면서 심장이 두근거렸다.

그동안 설악, 지리, 한라 그리고 이름 모를 산들을 오르내리면서 많은 땀을 흘렸다. 준비라면 충분히 되었다고 자부한다. 봄, 여름, 가을, 겨울 산정에서 보낸 아름다운 날들과 고단했던 날들은 소중한 추억으로 가슴 깊은 곳에 차곡차곡 쌓여 있다.

소낙비 쏟아지는 검푸른 산정에서, 칼바람 몰아치던 눈 덮인 능선에서, 맞장을 떠보자는 집념으로 넘어왔던 지난 시간들. 돌아보면 내 삶도 그렇게 살아오지 않았나 싶다. 어느 해 늦은 가을날, 저녁노을 지는 내장산 능선에서 곱게 물든 단풍잎처럼, 아름다운 노을빛처럼, 나를 물들이고 떠나야 할 텐데…… 했던 아름답던 자연의 메시지를 나는 아직도 잊지 못한다. 오늘 떠나는 히말라야 대장도, 분명 그날들처럼 나의 생에 아름다운 도전으로 기록될 것이다.

등산을 삶에 비유하기도 한다. 산은 오른 만큼 감동을 준다. 고통과 고독을 인내할 수 있어야 목표하는 산정에 올라설 수 있을 것이다. 그래야 산이 주는 비경의 선물을 받을 수 있을 것이다. 나는 히말라야가 고통을 요구하면 인내할 것이다. 그리고 빈약한 내 영혼에 설산의 맑은 향기를 가득 담아 오리라.

이젠 출발이다. 먼 길을 무사히 마치고 돌아올 수 있도록 조상님과 부처님에게 간절히 기도를 올렸다. 이번 여정을 양해해준 아내에게는 미안하고 감사할 뿐이다.

3월 9일

부산에서 인천, 태국의 돈무항을 경유하는 장장 10시간의 비행 끝에 네팔의 수도 카트만두에서 나는 히말라야 여정의 첫 밤을 보내고 있는 것이다. 한국과의 시차는 3시간 15분 늦어지니 오늘 밤은 그만큼 길어질 것이다.

숙소는 특급호텔이라 하는데 시설은 모텔 급이고 위생 상태는 한 등급 더 낮은 것 같다. 샤워를 하고 타월로 몸을 닦는데 타월에서 냄새가 난다. 국민 일인당 소득이 280불이라고 하니 이해하고도 남는다.

멀리서 개 짖는 소리가 들린다. 막차를 타고 고향에 귀향한 것 같은 포근한 감정이 일어난다. 창을 열고 야경을 보니 한 국가의 수도라 하기보다는 어느 시골 소도시의 풍경 같은 느낌이 든다.

방 안에 기어든 작은 도마뱀 한 마리가 아열대 몬순의 이국적인 풍경을 실감하게 해주었고, 앞으로 다가올 히말라야란 미지의 설렘에 희열의 전율이 온몸을 감쌌다. 이 모든 느낌과 감정들이 이국의 첫 밤을 그리 낯설지를 않게 했다. 가져온 팩소주 한 통으로 들뜬 감정을 가라앉히고 내일의 여정을 위해 잠을 청했다.

3월 10일

아침 6시, 모닝콜 소리에 일어나 호텔에서 제공한 조식을 서둘러 먹고 포카라로 가는 7시 발 정기노선 버스에 여정을 실었다. 포카라

영혼이 자유를 만나다.

까지의 이동시간은 8시간가량 걸렸는데, 큰 마을은 예외 없이 버스가 넉넉히 쉬여가니 네팔 국민들의 생활상을 면면히 관찰할 수 있는 소중한 시간을 덤으로 얻었다. 대부분 산촌으로 형성된 네팔은 우리의 60년대를 연상케 하는 가난한 생활을 하고 있었다.

가끔 보이는 바나나 나무와 그와 어우러진 보리밭이 대비되어 이국의 정취도 느끼며 친근감도 묻어났다. 쟁기로 눈밭을 일구는 정겨운 풍경들은 우리들의 마음을 동심으로 끌어들이기도 했다. 가옥구조 또한 독특했다. 일층은 가축을 기르는 용도로 쓰이고 이층은 사람들이 생활하는 가축과 사람의 공동체 구조였다. 버스를 타고 가던 중에 축제 같은 것이 벌어지는 풍경을 종종 보았는데, 마을과 마을 사이에서 이뤄지는 결혼식의 행렬이라 하였다. 산을 넘고 계곡을 지나는 긴 시간이었지만 이국의 풍경에 매료되어 전혀 지루함을 느끼지 않았다.

그렇게 포카라에 도착하니 셰르파와 포터 2명이 차량을 준비하고 우리들을 반갑게 맞이해주었다. 포카라의 날씨는 초여름이었고 시가지는 나뒹구는 쓰레기로 지저분했으며 소들이 거리를 여유롭게 배회하는 풍경이 생소하게 다가왔다. 비포장도로에서는 건기라서 그런지 먼지가 많이 날렸다. 시내를 조금 벗어나니 도시의 풍경과는 달리 집집마다 아름다운 꽃들로 담장을 단장한 고요하고 평화로운 전원 풍경이었다.

우리들은 페와 호숫가에 있는 이진석 사장의 레스토랑으로 안내되었다. 페와 호수는 빙하가 녹은 물이라 그런지 은빛물결이 넘실거렸으며 이진석 사장의 레스토랑은 아름다운 꽃들로 잘 꾸며진 정원과 더불어 호수와 어우러진 풍경이 한 폭의 그림 같았다.

이진석 사장이 제공해준 노 젓는 보트를 타고 페와 호수를 건너 일본인들이 지었다는 페와 호수의 언덕 위에 세워진 웅장한 불교사원을 참배하였다. 우리는 임진왜란과 강점기라는 아픈 과거를 겪었기에, 일본의 자본이 발 빠르게 들어와 경제침략을 감행하려는 전초전 같다는 느낌을 지울 수가 없었다. 후진국에서 민심을 얻어 경제를 선점하려는 그들의 야심찬 노력이 어쩌면 빛나 보이기도 하였다.

돌아오는 보트에서 히말라야 안나푸르나를 처음으로 보았다. 구름 위로 하얗게 솟아오른 설봉을 보고 우리는 탄성을 질렀다. 신비에 싸인 아름다운 설봉이 호수에 내려앉은 노을빛만큼이나 우리들의 마음을 황홀하게 하였다.

레스토랑에 도착하니 저녁식사가 이미 준비되어 있었다. 노을이 내려앉은 호수를 바라보며 꽃에 둘러싸인 정원에서 열린 야외 성찬은 안나푸르나의 신비한 감동까지 더해진 행복한 시간이었다. 마음 한편으로 삶의 고락을 같이하는 아내와 이런 아름다운 곳에서 행복한 시간을 함께 하지 못함이 미안하고 못내 아쉬웠다.

우리는 식사 후 히말라야 맥주로 정취를 즐기며 이진석 사장에게

영혼이 자유를 만나다

앞으로의 일정에 대해 설명을 들었다. 히말라야라는 비경이 마력처럼 마음을 끌어들여 집중하게 만들었다. 별이 내려앉은 호수를 바라보며 정담을 나누는, 오감이 다 열려진 아름다운 시간은 밤이 늦도록 진행되었다. 여행이란 이렇게 오감을 열어놓는 감동의 극치를 맛보는 보석 같은 시간이 아닐까 싶다.

산이 좋아 머나먼 이국의 아름다운 호반에 터전을 잡고 살아가는 이진석 사장의 낭만적이 삶이 부러웠고, 히말라야를 찾는 우리 같은 사람들에게는 이 자리에 꼭 있어야만 할 소중한 사람으로 느꼈다.

포카라는 네팔에서 두 번째로 큰 도시다. 연중 기후가 따뜻하고, 맑은 호수가 있어 네팔에서는 제일 살기 좋은 도시라 한다. 우리는 내일 아침 비행 일정을 감안하여 공항 부근의 호텔에 여장을 풀었다. 내일부터 시작되는 산행 일정에 긴장된 기분과 들뜬 마음으로 잠자리에 들었다.

3월 11일

포카라에서 좀슨으로 가는 20인승 경비행기에 탑승하였다. 난생처음 경비행기를 타고 히말라야 산맥을 넘는다는 기대감과 불안감 (후진국이라 비행기의 안전에도 사실상 신경이 쓰였다)이 교차했다.

경비행기에서 내려다보는 히말라야의 장엄한 산맥은 정말 장관이었다. 영국인들과 함께 탑승한 우리들은, 장엄한 히말라야의 설산의 모습을 카메라로 담으려고 나라의 체면도 불구하고 이리저리 옮겨 다니다가 조종사로부터 주의를 받기도 하였다. 하늘에서 바라보는 만년설이 덮인 대산맥의 비경이 너무나 신비하여 비행 내내 탄성이 끊어지지 않았다. 정말 장엄하고 장대한 신비로운 비경이었다.

포카라에서 좀슨으로 가는 경비행기에서 본 히말라야

설원의 산맥을 비행하여 좀슨의 협곡 비행장에 내렸다. 그런데 비행장이 청석자갈로 다져진 비포장 활주로로 되어 있어 놀랐다. 우리는 좀슨의 히말라야 박물관을 관람하고 현지 포터 3명을 고용하여 10시부터 산행에 들어가기로 했다. 비행장 부근에는 포터의 일을 구하기 위하여 현지의 젊은이들이 많이 모여 있어 포터를 고용하는 일은 순조롭게 진행되었다. 좀슨 지역은 무수탕 왕국의 경제수도 역할과 안나푸르나 트레킹의 들머리 내지 날머리 지점으로 육로의 교차지점이며 소형비행장을 갖춘 나들목인 셈이다.

앞으로 3일간은 해발 3000m에서 투크체-가사-따또파니까지는 계속 칼라칸티라 강을 따라 완만하게 내려가는 길이라 체력에는 큰 무리가 없을 것이나 고도가 높아서 그런지 시작부터 공기가 매우 건조하고 먼지가 많아 호흡하기가 편하지 않았다. 좀슨 쪽의 지형은 사막에 가깝고 선인장 같은 열대의 아까시과 나무와 키 작은 향나무과 나무들이 자라고 있었다. 강물은 빙하가 녹은 물이라 얼음장같이 차가웠고, 보기에는 맑아 보이는데 석회가 물속에 녹아내려서 끈끈하고 부드럽지 못했다. 물론 함부로 먹을 수도 없는 물이다.

하얀 만년설을 봉우리에 이고 있는 닐기리 봉을 좌측으로 바라보며, 세속을 털어낸 깨끗한 마음으로 미지의 세계로 출발하였다. 한 시간 정도 산행을 하였을 때 참새 떼가 나타났다. 우리의 텃새나 다름없는 친근한 새가 여기까지 둥지를 틀고 있으니 반갑기도 하고 신기하기도 했다.

제법 큰 산촌마을의 로지(lodge; 숙식을 제공하는 산장)에 도착하여 점심을 먹었다. 로지 주인은 몽골인이었는데 순박하고 친절했다. 셰르파의 설명에 의하면 그들은 아침엔 차와 빵, 점심엔 밥과 스프, 저녁엔 만두나 죽을 먹는다고 한다. 그것도 잘사는 사람들이나 그렇게 먹는다고 한다. 우리는 점심으로 야크 고기를 넣은 카레와 끈기 없는 안남미로 지은 밥에, 집에서 가져온 고추장과 멸치, 그리고 현지에서 담은 김치로 식사를 마쳤다.

점심을 먹고 마을로 나와 보니 일 년에 한 번 열리는 축제가 있었다. 남녀가 어울려 흥겹게 춤추는 모습이, 우리의 정월대보름에 풍물을 치며 집집마다 지신밟기를 하는 풍속 같은 축제로 보였다.

로지에서 점심을 먹고 나오니 마을에서 축제의 행렬이 지나가고 있었다.

그 광경을 재미있게 지켜보다 셰르파의 재촉에 투크체로 발길을 돌렸다. 저 멀리 닐기리 봉이 구름 위로 신비롭게 솟아올라 우리의 발걸음을 가볍게 한다. 우리는 투크체를 향하여 강을 따라 내려가고 있었다.

한 무리의 나귀 떼가 지나가면 또 한 무리가 뒤따라왔다. 나귀등에는 곡식자루 같은 것이 실려 있었다. 그리고 나귀와 같이 일가족이 동행을 하고 있었다. 셰르파에게 물어보니 곡식뿐만 아니라 소금이나 시멘트 등 히말라야 산촌사람들의 의식주에 필요한 모든 것을 공급하는 유일한 운송수단이라고 한다. 차가 다닐 수 없는 산촌이기에 화물차 역할을 나귀들이 대신하고 있는 것이었다.

도시와 협곡의 산촌을 넘나드는 머나먼 수송의 길이라 가족들이 함께 나귀 몰이를 하고 있는 것으로 보였다. 그들의 삶이 나귀의 삶과 무엇이 다를까 싶었다. 조물주는 척박한 이 땅에 정착한 이들의 삶을 위하여 히말라야를 선물한 것 같다. 히말라야 산야를 누비며 구도자처럼 살아가는 그들의 영원한 삶을 위하여……

멀리 투크체 마을이 보인다. 파랗게 물오른 버드나무도 보인다. 강을 따라 내려갈수록 봄기운이 느껴진다. 이 길은 그리 낯설지가 않다. 소설가 박범신과 KBS팀이 다녀와서 특집으로 방영한 곳이었기에 그런가 보다. 실제로 이곳을 걸어보니 태초에 우주가 열린 곳으로 빨려 들어가는 것 같은 묘한 기분이 들었다.

생활용품을 실어 나르는 나귀들의 행렬

투크체 마을과 버드나무, 그리고 뒤쪽으로 다올라기리 봉이 하얗게 보인다.(소설가 박범신과 KBS팀이 지나간 길)

    강이 아스라이 돌아나가는 지점에 다올라기리 봉이 장엄하게 솟
아있었으며, 투크체 마을은 투크체피크를 뒤로 하고 만년설이 녹아
흐르는 강 옆으로 아늑하고 평화롭게 자리하고 있었다. 산속의 첫
여정을 로지에 내려놓고 태양열로 데워진 온수로 샤워를 하고 우리
일행은 셰르파, 포터들과 저녁식사 겸 회식자리를 마련하였다. 앞으
로 진행될 산속의 여정을 즐거운 동행이 될 수 있도록 격려하는 자
리인 셈이다. 맥주와 네팔 술인 사과 와인으로 여행의 객기까지 더
해 취할 정도로 즐겼다. 회식이 끝난 후 몽골인 집을 방문하여 그네
들과 만두도 빚으며 그들의 생활상을 깊숙이 관찰하기도 했다. 우리

영혼이 자유를 만나다

가 방문한 집이 그나마 생활형편이 좋은 덕분으로 히말라야 산속에 서 집으로 전화를 하는 기쁨도 맛보았다.

3월 12일

투크체의 아침이 밝았다. 아침 햇살을 받아 닐기리 봉과 다올라기 리 봉이 눈부시게 하늘로 솟아올랐다. 마침 경비행기 한 대가 곡예 하듯 설봉을 넘어오고 있었다. 우리가 포카라에서 타고 넘어왔던 그 비행기일 것이다. 보기만 해도 아찔한 장면이었다.

투크체의 아침은 잃어버린 고향의 아침을 재회한 풍경이었다. 집 집마다 담장 옆에 가지런히 쌓아놓은 장작들, 굴뚝으로 피어오르는 하얀 연기와 물오른 파르스름한 버들가지, 그 위로 한가히 날아다니 며 지저귀는 온갖 새들의 하모니, 개울에 흘러가는 돌 구르는 물소 리, 지붕 위로 날아오르는 닭 홰치는 소리, 은은한 워낭소리와 송아 지를 찾는 어미 소의 정겨운 울음들, 집집마다 들리는 개 짖는 소 리……. 그 모든 전경들은 아직도 그리워지는 어릴 적 고향의 풍경 을 그대로 옮겨놓은 것 같아 나를 오롯이 빠져들게 한 감미로운 투 크체의 아침이었다.

어젯밤 회식자리에서 모두들 과식하였기에 컵라면과 김치로 아침을 간단히 먹고 앞으로 다가올 아름다운 여정에 설레는 마음으로 투크체를 출발했다. 다올라기리 봉을 우측으로 바라보며 가사를 향해 발길을 옮기는 산촌의 아침은 고즈넉했다. 옹기종기 붙은 산촌 마을의 집집마다 피어오르는 하얀 연기가 목가적이고, 한 편의 서정시를 읽는 것 같은 그런 포근하고 정감 있는 풍경이었다.

다올라기리 봉을 가까이서 볼 수 있는 강가에서 한방차를 마시며 쉬다가 인도에서 온 힌두교인 두 사람을 만났다. 손에는 살아있는 작은 거북이와 식량으로 안남미 튀긴 것을 들고 있었고, 신발도 신지 않은 맨발에다 붉은색의 남루한 옷을 몸에 두르고 있었다. 그들

흙으로 지은 히말라야의 2층짜리 전통 가옥(1층은 창고나 가축사육장으로 사용)

은 묵타나 힌두교 사원으로 성지순례를 간다고 한다. 종교의 힘이 참으로 대단한 것 같다. 저렇게 고행을 겪으며 구도의 길을 가는 그들을, 종교에 깊이 심취해 보지 못한 나로서는 참으로 이해하기 어려운 장면이었다.

한 무리의 양 떼가 지나가고, 그 뒤를 한 무리의 나귀 떼가 따라오고 있었다. 방울을 울리며 연이어 지나가는 짐 실은 나귀들과 몰이꾼들이 참으로 측은해 보였다. 이 땅에 태어난 그들의 운명이라 할지라도 짠한 마음은 여정 내내 가지고 다닐 것만 같다. 네팔에는 개와 소 팔자가 상팔자라 한다. 대부분 늙어 죽고, 평생 동안 일을 하지 않고 살 수 있으니 그런 말이 당연히 나올 것 같기도 하였다.

렛토라는 로지에서 점심을 먹었다. 주방이 불결한 것을 보고 또 라면으로 점심을 때웠다. 고도가 많이 낮아졌는지 제법 봄기운이 완연하다 할 정도를 넘어 조금 덥다는 느낌이 들었다. 길 양옆에는 보리가 여물어가는 구수한 냄새가 산행 길을 더욱 정겹게 하여준다.

오후 3시 30분에 가사에 도착하니 로지 아줌마는 가이드와 약속이 잘못되었는지 편하지 않는 얼굴이었다. 서투른 영어 실력으로 웃겨도 보았지만 심통이 말이 아니다. 키 작은 할아버지 한 분이 열심히 집을 돌보고 있었는데, 그분이 그나마 우리를 친절하게 대해 주었다. 아마도 로지 아줌마의 친정아버지 같아 보였다.

가사의 로지도 정결하게 가꾸어져 있었고 마을도 아늑하여 척박한 히말라야 산촌에서 그래도 조금 여유로운 풍경이었다. 등산객들이 많이 쉬어가는 로지가 있는 곳은 풍경이 아름답고 사람이 살아갈 수 있는 여건을 갖춘 곳이라 생각하면 이해에 도움이 될 것 같다.

투크체에서 샤워(고산에서의 전신 샤워는 감기나 고산병을 유발한다는 것을 나중에 알았다.)를 하고 술이 과했던 탓인지 기침이 심하고 가슴에 통증이 느껴진다. 건강에 누구보다 자신이 있어 감기약을 준비하지 않았던 것이 문제가 생길 것 같다. 기침이 심하여 일행들과의 식후의 간단한 티타임마저도 사양하고 일찍 잠자리에 들었다.

3월 13일

가사의 아침이 밝았다. 밤새 기침 때문에 애를 먹었다. 오전 5시쯤 일어나 등반기를 적고 나니 멀리서 닭 우는 소리가 들린다. 닭 우는 소리는 언제 어디서 들어도 정감이 든다. 지구의 지붕 위에서 이틀 밤을 보낸 셈이다. 새소리도 아주 맑게 들린다. 어제 보았던 복사꽃, 자두꽃도 전날보다 활짝 열렸다.

오전 7시 30분에 가사를 출발하여 따또파니로 발길을 재촉하였다. 강이 휘돌아가는 곳은 절벽이 있었고, 그 절벽을 건너기 위해 출렁다리가 설치되어 있었다. 오늘까지 강을 따라 내려가면 내일부터

영혼이 자유를 만나다

초등학생 주마와 로마

는 고도를 높여야 한다. 길에는 가축의 배설물 냄새가 코를 찌른다.
앞에 가는 말과 나귀의 배설물을 뒤따라오는 말과 나귀가 먹으니 배
설물의 농도가 진하여 냄새가 고약하기 이를 데 없다. 그러나 물소
리, 새소리, 이름 모를 들꽃의 향기, 날카로운 단애(斷崖)와 우뚝 솟
은 능선 그 아래 굽이치는 장엄한 협곡과 가끔씩 나타나는 아스라한
설봉들 이러한 연이은 풍경들이 길 위의 행복을 누리게 했다.

　히말라야 산맥에는 8000m 넘는 봉우리가 14좌나 되며, 7000m
넘는 봉우리는 100개나 된다고 하니 그 위상은 가히 짐작하고도 남
는다. 협곡 위로 펼쳐진 능선을 내려오며 순박한 히말라야 소녀 둘
을 만났다. 이름은 주마와 로마로, 둘은 자매지간이라고 했다. 등굣

길인가 보다. 그들을 보니 초등학생 시절이 생각났다. 아이들이 표정이 아침햇살같이 맑고 밝아 보였다. 문명에 오염되지 않는 순수한 환경이 그들을 풀잎처럼 깨끗하게 자라나게 하였을 것이다. 우리도 그들처럼 맑은 히말라야 하늘을 바라보며 동심이 되어 콧노래를 부르며 아스라한 설원으로 상쾌한 마음을 싱그러운 바람에 날려 보냈다.

　산촌의 마을을 지날 때마다 쉴 자리를 길옆에 마련하고 팔고 있는 따끈한 밀크티로 건조한 목을 축이며 생경한 그들의 삶의 모습도 들어다보면서 걸어온 길이 오전 11시 30분, 드디어 다나에 도착한 것이다. 켈빈 게스트하우스란 이름이 붙은 로지에서 점심을 먹었다. 이틀 동안 길에서 만나 앞서거니 뒤서거니 한 외국인들과도 인사를 건넸다. 점심을 먹고 곧바로 떠난 따또파니로 가는 길목에서는, 짐을 실은 말과 나귀들이 줄을 이어 오갔다. 말똥 냄새가 몸에 밸 정도로 많이 맡았다. 나귀들과 함께 걷는 길은 냄새는 고약하였지만 그래도 심심하지 않아 좋았다.
　가끔 마을을 통과할 때는 주머니에 준비한 사탕을 아이들에게 나누어 주면 '나마스테(안녕)' 하고 웃으며 인사를 건넸다. 양지바른 곳에서는 아낙네들과 아이들이 함께 어울려 서캐를 잡고 있는 모습과 우리 토종닭과 똑 닮은 닭들이 병아리를 데리고 노는 모습이 60년

　　　　　　　　　　　　　　　　　　　　　　　　　영혼이 자유를 만나다

대로 시간을 돌려놓은 듯해 소박하고 정감 있는 또한 웃음이 나는 풍경이었다.

발길을 서두른 탓으로 일찍 따또파니에 도착하여 온천욕을 준비했다. 따또파니는 네팔어로 따뜻한 물이라는 뜻으로, 우리가 흔히 말하는 온천을 뜻하기도 하나 보다. 빙하가 녹아 흐르는 찬 계곡 옆으로 온천수가 솟아올라 오고 있었다. 삼 일간의 산행으로 쌓인 여독을 온천물에 말끔히 씻어 내리니 육신이 개운했다. 따또파니에서 저녁식사로 치킨토스트를 먹었는데, 며칠간 산속의 부실한 음식을 먹어서 그런지 세상에 이런 요리가 있나 싶을 정도로 맛이 있었다. 고소한 히말라야 토종닭의 맛이 정말 일품이었다.

내일은 고래파니로 가는 날이다. 다올리기리와 안나푸르나의 장엄한 산군들 사이로 흐르는 칼라칸다끼 강을 따라, 협곡과 산촌을 번갈아가며 좀슨에서 내려온 긴 여정도 따또파니에서 끝났다. 내일부터는 고도를 차츰 올려야 하는 고된 여정이 될 것이라는 셰르파의 설명이다.

3월 14일

오전 6시 10분에 잠에서 깨었다. 밤새 빗소리로 알았는데, 자고 일어나 보니 계곡물 소리가 빗소리처럼 들렸나 보다. 어제저녁 일행들로부터 감기약을 얻어먹고 자서 기침은 조금 나은 것 같은데 가래가 진하게 나오고 가슴통증은 그대로이다. 앞으로 일정이 조금 걱정된다. 지금쯤 어머니와 아내는 먼 길을 떠난 나를 위해 기도하고 계실 것이다. 정신력으로 한번 버티어 나가보자. 몇 년을 염원하여 실행에 옮긴 히말라야 산행이 아니던가.

8시에 조식을 하고 고래파니로 출발하였다. 얼마 가지 않아 가파른 능선길이 나오면서 호흡이 거칠어졌다. 하지만 가슴통증과 기침이 나와 불편할 따름이지, 체력은 평소에 꾸준히 가꾼 덕분인지 전혀 무리가 오지 않았다. 그래도 다행이란 생각이 들었다.

중간 중간 로지에서 밀크티(야크 젖에 홍차를 곁들인 차)와 따뜻한 물을 자주 마셨다. 그 영향으로 땀을 많이 흘렸으며 가슴의 통증도 많이 가라앉는 것 같았다. 언덕 위에 자리한 로지의 작은 마을에 들어서자 시야가 확 트이면서 저 멀리 부드러운 능선이 보였다. 어디선가 종달새의 지저귐이 들릴 것 같은 그런 봄날이 능선 위로 길게 펼쳐져 있었다.

이름 모를 새들의 하모니, 살랑살랑 훈풍이 지나가며 풀잎과 속삭이는 생명의 소리들, 파란 하늘에 유유히 떠다니는 평화로운 구름들……, 서정의 물결이 능선을 따라 흐르는 행복한 길을 나는 마음껏 즐기며 걷고 또 걸었다. 길에서 만난 들꽃같이 청초한 소녀들의

영혼이 자유를 만나다

맑디맑은 눈망울, 모든 것이 맑음으로 가득 찬 히말라야 길을 내 영혼은 걸림 없는 바람이 되어 마음껏 유영했다.

수채화 같은 능선을 지나서 시가의 로지에서 점심을 먹었다. 점심 식사 후 다시 길을 떠날 때에도 아름다운 능선은 계속 이어져 나갔다. 봄이 돋아나는 초록 능선에 아스라이 펼쳐진 하얀 설산의 풍경이 이어지고 또 이어진 긴 경사로를 올랐다. 안나푸르나 남봉을 바라보며 걷던 중 느닷없이 먹구름이 하늘을 덮어오고 콩알만한 우박이 내리고 진눈깨비가 흐드러지기 시작했다. 시계를 보니 고래파니에 도착할 예정시간이 다 되어서 그래도 걱정이 덜 되었다. 비바람에 기온이 갑자기 내려가 체온이 떨어지기 시작했다. 배낭에 든 방풍 재킷을 꺼내 입고 빗속을 걸으니 그런대로 또 다른 산행의 묘미가 느껴졌다.

능선을 넘어 조금 내려가니 고래파니의 제법 큰 마을이 보였다. 발길을 서두르자 얼마 지나지 않아 목적지인 고래파니에 도착했다. 로지의 장작불 난로에 젖은 옷을 말리며 따뜻한 밀크티로 목을 축이니 얼었던 몸도 푹 녹아내렸다. 배정받은 방에 들어가 짐을 풀고 창을 열어보니, 창밖의 풍경은 너무나도 환상적이었다. 안나푸르나의 하얀 설산이 바로 눈앞에 다가선 듯 보이고, 빨간 랄리구라스 꽃이 피를 토하듯 붉은 정열을 뿜어내고 있었다. 안나푸르나 하얀 화선지에다 선홍빛 랄리구라스 꽃이 핏물을 찍은 듯한 전율할 풍경에 그만

넋이 나간 것이다. 꿈같은 풍경을 한참 바라보고 나서 '나는 참 행복한 시간을 맞이하고 있구나. 천상도 아닌 곳에 이런 아름다운 풍경이 있다니' 하고 혼자 되뇌어 본 고래파니 로지 창밖의 전율할 풍경이었다.

저녁식사를 하러 식탁에 앉으니 페와 호수의 이진석 사장이 감기약과 감기에 특효라는 석청과 닭 두 마리를 포터 편으로 보내왔다. 셰르파가 통신이 닿는 대로 진행상황을 포카라로 보고하고 있었던 모양이다. 자상한 그의 배려에 너무나 고마웠다. 곧바로 닭은 백숙으로 만들어 모처럼 포만감 느끼는 식사를 하였다. 모든 것이 해결된 편안하고 아름다운 고래파니의 밤이었다.

3월 15일

아침 5시에 일어나 푼힐 언덕에 올랐다. 급경사를 오르는 푼힐 언덕에서 고소증이라는 것이 무엇인지 어렴풋이 느낌이 왔다. 숨이 차고 발걸음이 무거워졌다. 물론 경사도 가팔랐다.

뷰포인트에 서서 보니 시간을 잰 듯이 일출이 시작되었다. 떠오르는 햇살을 받아 안나푸르나, 마차푸차레, 다올라기리, 닐기리 봉 등이 뿜어내는 그 현란한 빛들은 하늘에서 그린 그림이 땅으로 내려온 것 같은 착각에 빠지게 하는 환상의 풍경이었다. 정말 장엄하고도

영혼이 자유를 만나다

경이로운 조망이었다.

풀힐 언덕의 히말라야 조망은 네팔의 첫 번째 명소라 한다. 풀힐 언덕은 해발 3200m나 되는 곳이므로, 체력이 모자라 베이스캠프까지 오르지 못하는 사람들은 이곳 조망만으로도 크게 만족을 느끼는 곳이라 한다. 내가 보기에도 여기까지만이라도 올 수 있다면 히말라야가 얼마나 경이로운 비경인지 충분히 알 수 있을 것이라고 확신한다.

조식 후 간드렁으로 출발하니 곧바로 가파른 언덕이 우리를 가로막았다. 처음으로 등장한 급경사 능선을 올라가느라 온몸에서 비지땀이 흘렀다. S 자로 이어진 비탈길을 힘겹게 올라서니 풀힐 언덕이 저 아래 보였다. 바로 앞으로 다올라기리와 안나푸르나 제일봉과 남봉이 장엄한 위용을 드러냈다. 능선의 로지에서 따뜻한 밀크티로 목을 축였다. 그리고 완만하고 긴 경사면을 따라 오르다가 고등학생으로 보이는 두 여학생을 만났다. 이곳에서 고등학교를 다닌다는 것은 아주 혜택 받은 아이들이다.

교복인지 아닌지는 몰라도 의상이 화려했다. 나는 그 두 소녀와 히말라야 언덕을 배경으로 기념사진을 찍고 볼펜을 한 자루씩 선물로 주었다. 그들도 나처럼 즐거운 표정들이다. 손을 흔들어 작별인사를 하고 다시 길을 나섰다. 우리는 콧노래까지 부르며 히말라야의 정취에 푹 빠져들었다.

푼힐 언덕의 조망

네팔의 국화인 랄리구라스

완만한 경사면을 올라 마을을 지나자 가파른 내리막길이 나오더니 정글지대가 이어졌다. 계곡 아래로 물소리가 들리고, 원시림이 계속 이어졌다. 우기에는 거머리 때문에 산행하기가 쉽지 않은 곳이라고 한다. 거머리는 평소에는 나무에 매달려 있다가 사람의 체온을 감지하면 느끼지도 못할 만큼 부드럽게 몸에 달라붙어 피를 빨아먹으니 짜증나고 괴롭다고 셰르파가 설명한다.

좀슨을 출발할 때는 겨울이었고 투크체에 와서는 우리나라 삼월 초순 같은 초봄이었는데 여기는 정글이라니 히말라야의 지형이 참으로 신비롭기도 하였다.

영혼이 자유를 만나다

12시 30분에 따따파니에 도착하여 점심을 먹었다. 산속의 곳곳에는 천리향이 많이 피어 있었다. 내가 좋아하는 천리향을 여기에서도 보니 친구를 만난 듯 반가웠다. 더불어 천리향이 아열대 식물이고 반음지 식물이라는 것을 알게 되었다. 기온이 따뜻해서 그런지 랄리구라스의 꽃들도 만개하였다. 랄리구라스 꽃은 네팔의 국화인데, 생김새는 우리나라 동백과 흡사하나 동백꽃보다 더 크다. 따따파니는 꽃들에 둘러싸인 아름다운 곳이었다. 환경이 좋아서 그런지 좀슨 쪽보다는 사람들이 조금 풍족해 보였다.

판석으로 지붕을 이은 히말라야의 집들

이끼가 주렁주렁 매달린 정글을 한참이나 지나고 나니, 유채꽃이 노랗게 피고 보리가 바람에 물결을 이루는 평화로운 산촌 풍경이 우리를 맞이하여 주었다. 그 싱그러운 샛길을 마을 처녀들이 풀을 베어 망태기에 담아, 우리가 어깨에 지듯이 이마에 메고 지나갔다. 우리나라 구들장 같은 판석을 머리에 이고 가는 이들도 보였다. 히말라야 이곳에서는 돌이 유일한 건축자재인가 보다. 돌로 담과 벽도 쌓고 지붕도 너와처럼 돌로 이었으며 마당이나 길도 판석을 깔아 깨끗하게 관리하고 있었다.

해질 무렵에 제법 큰 마을인 간드렁에 도착했다. 그리고 그곳의 로지에서 경주에서 왔다는 비구니 한 분과 인도를 여행하고 네팔로 들어왔다는 대전에서 온 여대생 한 분을 만났다. 히말라야에서 한국 사람을 만나니 너무나 반가웠다.

해질 무렵의 간드렁 풍경은 저녁 햇살에 비친 안나푸르나의 하얀 설봉들이 파란 보리 물결과 샛노란 유채꽃 잎에 대비되어 원색의 물감 같은 생동감 있는 환상적인 풍경이었다. 그런 멋진 풍경을 바라보며 로지 뜰에서 저녁을 먹는 행복감은 구름을 밟고 앉아 있는 것 같은 감미로운 시간이었다.

식사 후 모처럼 아내에게 전화를 걸었다. 히말라야 하늘 아래에서 아내의 목소리를 생생하게 들을 수 있다는 것이 얼마나 감사하고 기쁘던지……, 그리고 집 걱정은 하지 말라는 아내의 말이 지금의 모

영혼이 자유를 만나다

든 것을 만족스럽게 만들어준 아름다운 밤이었다. 내일부터는 오늘보다 더 가파른 능선을 오르내려야 할 것이다. 그러나 새로운 풍경을 맞이할 생각에 마음은 초등학교 소풍날처럼 마냥 설레기만 했다.

3월 16일

새벽 닭 우는 소리에 일어나니 4시 40분이었다. 고래파니에서 간드렁까지의 산행길은 설봉을 바라보며 걸어온 화원의 파노라마였다. 푼힐 언덕에서 바라본 만년설의 비경, 그리고 정글지대에서 본 히말라야의 신비, 이름 모를 수많은 꽃과 천리향의 향기, 동백꽃보다 붉고 큰 이 나라의 국화 랄리구라스……. 아내와 함께 이 길을 걸었으면 얼마나 좋았을까 하는 아쉬운 생각을 여러 번 해보았다. 언젠가는 꼭 아내를 동반하고 이 길을 다시 걸어보리라.

오늘은 촘롱까지의 여정이다. 그동안 나를 괴롭히던 가슴의 통증도 가라앉았다. 기분도 너무나 상쾌하다. 눈을 들어 하늘을 보아도, 땅을 보아도 너무 아름답다. 이제부터는 안나푸르나를 향해 곧바로 다가설 것이다.

간드렁은 자족 기능을 어느 정도 갖춘 마을이었고, 사람들은 활기가 넘쳐 보였으며 사람 사는 따뜻함이 웃음으로 배어 나왔다. 오전 8시 20분경에 한국에서 온 일행들과 조식을 같이 하니 모처럼 우리들의 분위기도 활기를 띠었다. 아침 햇살에 눈이 녹으면서 안나푸르나와 마차푸차레에서 하얀 구름이 피어올랐다. 물감보다 진한 파란 하늘에 떠있는 설봉에서 몽글몽글 하얀 연기가 피어오르는 아스라한 풍경들은 무엇으로도 설명이 안 되는 비경이었다.

오늘은 촘롱까지의 여정이다. 이제부터 안나푸르나를 향해 바로바로 다가설 것이다. 우리는 간드렁을 뒤로 하고 촘롱으로 가는 길에 접어들었다. 산행 길옆으로 야크들과 양 떼들이 한가롭게 풀을 뜯고 있었다. 히말라야는 사람이나 가축이나 모두 순해 보였다. 서로 경계하지 않는 진정한 공존의 삶을 살아가고 있었다.

작은 강을 건너기 전에 우리도 강가에서 휴식을 취했다. 한쪽에서는 짐을 실은 나귀들을 세워놓고 나귀몰이꾼들이 밥을 지어서 먹고 있었다. 휴식을 취하고 우리도 강을 건너서 나비나 로지에서 산닭으로 로스구이를 하여 원기를 보충하였으나 따또파니의 치킨토스트와는 비교되지 않았다.

식사 후 언덕에 올라서니 작은 오두막집이 하나 보여서 쉬어갈 참으로 그곳으로 갔다. 그 집에는 19살의 어린 엄마가 남매를 데리고 살고 있었다. 남편은 포카라로 돈을 벌러 갔다고 하는데, 방 안에는 먹을 음식물도 옷가지도 보이지 않아 너무나 절박한 가난이 느껴졌다.

우리는 아이들에게 간식을 주고 약품도 넉넉지 않지만 나누어주

영혼이 자유를 만나다

었다. 그런 가난 속에서도 길손에게 웃음을 잃지 않는 그들은, 비워내고 또 비워내어 이젠 남은 것은 맑은 영혼뿐인지도 모를 일이다. 아름다운 슬픔이란 표현이 적절할까 싶기도 하다.

네팔국민들은 대부분 농업으로 생계를 유지하고 있다, 그런데 건기와 우기로 나누어진 몬순기후의 영향도 있지만, 주로 산간지형이라 생산성이 없어 보였다. 사람도 작지만 농작물이 모두가 작다. 하나의 예를 든다면 양파가 마늘같이 작다. 그러한 환경이 유엔 통계상 세계의 4대 빈국으로 들어가게 하였으니 더는 설명할 필요가 없을 것 같다. 그들은 비록 고지대(해발 3000m 이상)라 할지라도 흙이 있고, 손발이 닿을 수 있는 곳이라면 땅을 일구어 경작을 하고 있었다. 생존의 몸부림이 너무나 처절해보였다. 그들의 삶이 경외심마저 들었다. 우리나라에는 버려진 논밭이 얼마나 많은가. 또 얼마나 풍부하게 물질을 쓰고 있는가. 동시대를 살아가고 있는 사람으로서 양심의 가책이 밀려왔다.

3시 30분에 촘롱에 도착하였다. 이젠 하얀 설산들도 아주 가깝게 보였다. 촘롱의 로지 주인아줌마는 인심도 후하고 아주 호의적이며 유머도 풍부하였다. 모처럼 샤워를 하고 쌓인 빨래도 하고나니 속이 후련하였다. 등산에 적당한 계절이라 그러한지 외국등산객들이 촘롱의 로지마다 만원이었다. 방을 잡지 않은 원정대들이 설치한 원색 텐트촌이 오히려 주변풍경에 더 잘 어울려 보였다.

아침 태양에 눈이 녹으면서 피어오르는 하얀 연기와 초록빛 들판, 그리고 파란 하늘을 배경으로 한 안나푸르나와 마차푸차레

3월 17일

새소리에 잠을 깨니 6시 30분이다. 어지러웠다. 고산병의 증세인 가 걱정이 된다. 정원에 내려가니 하늘이 깨끗하여 안나푸르나와 마차푸차레가 눈앞에 다가섰다. 어지러운데도 몸은 가볍다. 체중이 많이 빠진 것 같다.

조식을 마치고 삶은 감자를 간식으로 준비하고 8시에 출발하였다. 길가의 상점에서 망고주스도 넉넉히 준비하였다. 망고주스는 입맛에도 맞고 피로도 풀어주었다. 이제부터는 고도가 높아지니 길거리 구멍가게도 없을 것이다. 산행은 정상에 가까워질수록 쾌감이 더해갔다.

산사람들의 생활모습은 칼리칸다키 강 쪽 사람들보다 따따파니에서 시작된 동부 쪽 사람들이 조금 더 풍족해 보였다. 물론 로지의 사정도 동부 쪽 형편이 좋았다.

밤보의 마을에서 점심을 먹고 히말라야 호텔에 2시 45분경에 도착하였다. 말이 호텔이지 어느 로지나 다름이 없었다. 오늘은 몸 상태가 정상으로 돌아와 고도가 높지만 한국에서의 산행과 다를 바 없는 상쾌한 기분으로 산행을 마쳤다. 산행시간이 많이 단축되었다.

히말라야 호텔 입구에는 '여기부터는 신의 영역' 이라고 쓴 경고문이 붙어있었다. 그 위치를 넘어오는 순간 만감이 교차했다. 이곳 안

영혼이 자유를 만나다

나푸르나 산군은 폭설 때문에 눈사태가 아주 심한 곳이라 한다. 160
여 명의 인원이 정상등반을 시도했는데 그중에 40%에 가까운 60여
명이 히말라야 영혼으로 남아있는, K2 다음으로 등정하기가 어렵다
는 히말라야 14좌 중의 한 봉우리라고 했다. 그들은 무엇을 생각하
며 이 경고문을 보고 갔을까. 등정을 성취하여 아름다운 인생을 가
꾸어 가는 사람도 있지만, 죽음 내지는 실종으로 가족의 품으로 영
원히 돌아가지 못하고 지금도 설산에서 청춘의 영혼들이 떠돌고 있
을 것이라고 생각하니 마음이 숙연하였다.

　우리 일행들도 산행을 무사히 마치고 집으로 돌아가게 하여 주십
사 하고 안나푸르나의 여신에게 예를 올리고 신의 영역으로 들어왔
다. 이젠 거대한 안나푸르나 산군 아래로 들어왔다. 하늘 높이 솟아
오른 산정에서는 폭풍우가 몰아치고 만년설이 녹아내려 폭포를 이
루고 그 물소리가 협곡을 진동하니, 대자연 앞에 우리의 존재가 미
약할 뿐이다.
　안내받은 방으로 들어가 보니 나무껍질이 붙은 피죽으로 칸막이
를 하여 구멍이 숭숭 뚫린 사이로 찬바람이 그대로 들어오고 있었
다. 옆방과는 옷을 걸어 가림을 하고 포터에게 받은 짐을 정리하고
나니 한기가 든다. 부엌으로 들어가 밀크티를 받아들고 불을 쪼이니
그제야 얼었던 몸이 녹아내렸다. 히말라야 호텔의 저녁식사 시간은

오후 5시로 정해져 있었고, 날밭까리라는 주 메뉴와 마늘스프가 나왔다. 독특한 향기로 식욕이 영 당기지 않았다. 저녁식사 후 각국에서 온 등산객들이 원탁의 큰 식탁에 둘러앉아 이야기를 나눴다. 언어소통은 원활하지 않았지만, 쉽게 올 수 없는 곳에서 함께 시간을 보낸다는 즐거움에 모두들 환한 표정으로 선택된 행복을 누렸다.

잠자리에 들기 위해 밖으로 나오니 진눈개비가 내리고 있었다. 히말라야 날씨는 대부분 오전에는 맑고 오후는 흐린 후 산에는 눈이 내리고 산 아래는 소나기가 내렸다.

초저녁에 잠이 들었다가 깨어보니 밤 12시 30분이었다. 바로 오늘이 그렇게 기다리던 마차푸차레 베이스캠프로 가는 날이다. 현재의

히말라야 호텔에서 본 설산의 협곡

몸 상태는 매우 좋다. 적막과 고요 속에 만년설이 녹아내려 흐르는 물소리가 이 밤에 잠을 이루지 못하게 하고 있다. 베이스캠프에 가기 전 마지막 산장. 정말 지금 내가 여기에 있단 말인가. 꿈을 꾸는 기분이다.

2000년 7월, 백두산 완주를 계획하고 그 무덥던 여름날 체중감량을 하고, 지구력을 키우기 위해 산행을 열심히 하며 흘렸던 땀들, 그리고 백두산 중국령 8개 봉의 능선을 오르내리며 발아래 천지의 짙푸른 물결을 바라보며 산정의 낭만에 흠뻑 취했던 감동의 여운이 채 가시기도 전에 나는 히말라야에 가리라는 생각을 굳혔다. 그리고 지금 내가 여기에 왔다.

가슴이 따뜻하게 더워진다. 지나간 삶의 변곡점을 지날 때마다 고뇌했던 일들이 오늘 여기 나를 있게 하기 위한 아픔들이었다는 생각을 하니 콧등이 시큰해진다.

산은 오르면 오를수록 나에게 많은 것을 가르쳐준다. 어쩌면 삶의 길이 등산과 많이 닮은 것 같다는 생각이 든다. 육신을 녹이는 고단함이 한계점에 다다르면 목표했던 산정에 올라서게 된다. 발아래 들어온 탁 트인 시야는 세상이 내 것인 양 성취감을 안겨주고, 하산의 평원 길에서 저녁노을이 지면 마음의 모든 것도 절로 내려앉는다. 어찌 등산이 열정의 삶과 같지 않다고 할 수 있으랴.

오늘 히말라야 호텔에서 보내는 이 감동의 밤도 먼 훗날 아련한 그리움으로 남아 회상의 시간 속에 머무를 것이다. 소변을 보러 밖으로 나가보니 어젯밤 하늘을 덮고 있던 비구름은 말끔히 개였고 하늘에는 눈부신 별들이 총총 박혀 있었다. 모두 일등별처럼 밝아 손에 잡힐 듯이 가까이 보인다. 마당을 몇 바퀴 서성이다 한기에 못 이겨 침낭 속으로 다시 파고들었다.

3월 18일

베이스캠프로 가는 마지막 아침이 밝았다. 하얀 눈으로 마음을 씻은 듯이 상쾌하고 설레는 아침이었다. 히말라야 호텔에서 8시에 출발하여 바로 눈길로 접어들었다. 수목의 생육 한계점을 벗어나니 어제까지의 산행과는 시작부터 느낌이 다르다. 7, 8000m급 준봉들이 눈앞으로 서서히 다가왔다.

나는 호흡도 정상이고 모든 게 다 정상이다. 산행 속도를 조금 내어 보았다. 몸이 회복되니 욕심이 생기는 것 같다. 장엄한 협곡이 눈앞에 펼쳐지고 그 위로 만년설을 머리에 얹은 고봉들이 늘어서서 우리를 맞이했다. 가끔은 눈사태가 일어나는 소리가 들렸고, 심지어 바로 눈앞에서 일어나기도 했다. 얼핏 보면 눈 폭포처럼 보였다.

협곡과 눈길을 어렵게 지나 예정보다 빨리 세계 7대 미봉 중 하나

영혼이 자유를 만나다

인 마차푸차레 베이스캠프에 올라섰다. 여장을 풀고 잠시 침상에 누워 휴식을 취했다. 몸 상태가 좋아 보행 속도를 조금 높였더니 예외 없이 머리가 아프고 식욕도 떨어졌다. 늦은 점심을 입맛이 당기지 않았으나 견뎌야 한다는 일념으로 억지로 먹고 베이스캠프 밖으로 나갔다.

산들은 단 1분도 같은 형상을 하고 있지 않았다. 빛의 방향과 풍속의 강약으로 나타나는 구름의 형상에 따라 설봉에서 구름으로, 구름에서 설봉으로 빛의 굴절이 이루어내는 묘한 형상이 시시각각 변화하고 있는 것이었다. 참으로 절묘한 형상들을 보여주고 있었다. 히말라야 초행자에게 히말라야 신이 내린 은총을 마음껏 누리게 해준 마차푸차레 베이스캠프의 풍경이었다.

3월 19일

밤잠을 제대로 이루지 못하다가 새벽에 밖으로 나가보니 별빛이 손에 잡힐 듯이 가까이에 다가서 있었다. 어둠이 걷히지 않는 산정 위로 옥구슬이 주렁주렁 매달린 영롱한 별들의 세계다.

메고 온 배낭마저 풀어놓고 가벼운 몸으로 6시 10분에 안나푸르나 베이스캠프로 출발하였다. 마차푸차레 산정 위로 초승달이 예쁘게 걸려 있어 신비로움을 자아냈고, 경이로운 천상의 모습을 신이 우리를

히말라야 호텔에서 마차푸차레 베이스켐프로 이동 중에 만난 설봉들

위하여 연출한 듯 별과 달과 만년설이 빚어내는 비경으로 감탄을 금치 못했다.

무릎까지 쌓인 눈길을 1시간 20분 동안 걸어서 그렇게도 갈망하던 8019m 히말라야 최고의 명산 안나푸르나, 나는 그 베이스캠프에 도착했다. 베이스캠프에서 바라본 풍경은 온 천지가 하얀 설산이라 원근감을 전혀 느끼지 못해서 주위의 모든 산들이 손에 잡힐 듯이 눈앞에 다가섰다. 저 시리도록 하얀 설산이 수많은 청춘들의 생사를 갈라놓으며 영광과 좌절, 희열과 슬픔이 수도 없이 겹쳐졌던 투혼의 현장이라 생각하니 바라보고만 있어도 가슴이 뜨거워진다. 참으로 감동적인 순간이었다. 2000년 9월 일출에 열리던 백두산 천지가 통째로 하늘에 올라선 것 같던 신비롭던 감동이 여기까지 따라온 것 같다.

러시아 원정대의 추모비에서 포터와 함께

베이스캠프에서 셰르파, 포터와 함께

    빛에 따라 시시각각 변화하는 설봉들의 장엄한 비경을 바라볼 수 있는 행운은 히말라야 신에게 예약을 하고 와도 이런 좋은 날씨는 기대하기 어려울 것이라고 셰르파 삼뚜가 웃으면서 말했다. 안나푸르나는 눈이 많이 내려 산정을 보기가 쉽지 않다고 한다. 바람 한 점 없는 고요와 적막만이 비경의 만년설봉을 감싸고 있는 참으로 아름다운 풍경이었다.

    설산에 떠도는 영혼들의 추모비도 곳곳에 세워져 있었다. 그중에도 커다란 종을 세워놓고 희생자의 이름을 동판에 새겨놓은 러시아 원정대의 사고추모비가 관심을 끌었다.

우리는 마차푸차레 캠프로 돌아와 조식을 먹고 베이스캠프 산장 주인과 셰르파 그리고 포터와 기념촬영을 하였다. 이젠 돌아가야 한다. 나는 작별이 못내 아쉬워 마차푸차레 산장지기에게 허락을 받아 산장 중앙기둥에 사인을 남겼다. 오르면 내려가야 하는 것이 당연한 이치지만 다시 이 아름다운 산정을 재회한다는 보장이 없기에 이별의 짠한 마음에 가슴이 시려왔다. 안나푸르나여, 마차푸차레여, 안녕히……

우리의 일정은 하산 길에 히말라야 호텔에서 하루를 쉬기로 했지만 컨디션이 좋아 밤보까지 강행을 하였다. 밤보로 내려오는 협곡은 오를 때와는 또 다른 풍경이었다. 산은 오를 때와 내려올 때 느낌은 언제나 다르다. 올라야 한다는 집착에서 벗어난 여유로움이 시야를 더 넓게 하여주기 때문일 것이다. 밤보에 도착하여 휴식을 취한 후 보석같이 매달린 밤하늘의 별빛을 술잔에 담아 자축의 시간을 가진 아름다운 별밤이었다.

3월 20일

밤보에서 7시 35분에 출발하여 다음 로지인 촘롱에 도착하였을

영혼이 자유를 만나다

때, 저 멀리 안나푸르나 제3봉이 구름 위로 모습을 드러내고 있었다. 참으로 높아 보였다. 어떻게 저 앞마당까지 올랐는가 싶다. 제3봉 옆으로 마차푸차레의 모습은 구름 속에 감추어져 있었다.

어제는 하산 길에 큰 눈사태를 목격했다. 말이 눈사태지 보드라운 눈덩어리가 아니라 얼음덩어리가 굴러내리고 있었다. 만약에 눈사태를 만나면 살아남기는 쉽지 않을 것 같았다.

오늘은 일찍이 구름이 덮여온다. 촘롱을 벗어나자 곧 바로 가파른 언덕길로 접어드니 능선 저 아래로 지루랄라가 아늑하게 자리하고 있었다. 금방 비라도 내릴 것 같아 발걸음이 바빠진다.

우리 일행은 빠른 걸음으로 지루랄라에 도착하여 히말라야 품속에서 마지막 여정을 내려놓았다. 계곡에는 노천온천이 있어 온천욕을 하였으나 따또파니 온천보다는 질이 많이 떨어졌다. 이제 하산도 내일 끝나니 산속의 밤도 오늘로서 끝이 난다.

하늘에선 가느다란 빗방울이 떨어졌다. 산행을 무사히 마칠 수 있게 도와준 히말라야 신의 축복의 성수처럼 포근하게 내려주니 마음이 따뜻해졌다. 안온한 풍경에 싸인 지루랄라의 밤을 셰르파 삼뚜, 그리고 포터들과 오랜 시간 고락을 같이했던 산정생활을 아쉬워하며, 그들의 노고를 위로하고 쌓인 정을 나누며 마지막 회포를 풀었다.

3월 21일

우리 일행은 아침을 서둘러 먹고 비레딴띠로 하산을 시작했다. 내려오면서 원숭이도 보았다. 원숭이 떼가 얼마나 빠르던지 이 나무 저 나무로 옮겨 다니는 모습이 꼭 날아다니는 것처럼 아주 빨랐다. 그리고 계곡의 숲에서 서식하는 새들도 아름다웠다. 깃털은 화려하고 부리도 아주 고왔다.

안나푸르나 베이스캠프에서 3일 동안 하산하는 길에는 만년설이 있는 극한지대부터 원숭이가 사는 아열대 지역까지 걸쳐 있었다. 변화무쌍한 산정과 동식물의 다양한 서식도 함께 볼 수 있어 매우 신비로웠다. 내려오니 오른쪽으로는 산정 풍경이 아름답던 간드렁 가는 길이 나왔고 왼쪽으로는 난드렁 가는 길로도 연결되었다.

산행의 끝 지점은 풍요로워 보였다. 강폭이 넓어지고 농경지에는 보리와 밀, 감자와 양파, 마늘 등 곡식과 다양한 채소가 경작되고 있었다. 오랜 산중생활 탓에 집 생각도 간절하였으며 포카라에서 한식 먹을 생각에 걸음 또한 절로 빨라졌다.

비레딴띠에 도착하니 그곳의 안내를 맡은 이진석 사장이 미리 미니버스를 대기시켜 놓았다. 우리는 이진석 사장 댁에 도착하여 페와 호수의 아름다운 정원에서 제대로 된 한국식 불고기로 오랜만에 포식하며 가든파티를 즐겼다.

 산행을 마치던 날, 셰르파 삼뚜에게 나의 남방셔츠와 방한모자, 양말, 시계를 선물로 주며 그간의 고마움과 작별의 아쉬움을 표시하였다. 착하고 성실한 사람들을 만나 이번 안나푸르나 등반에 많은 도움을 받았다. 우리의 짐을 메고 고통의 시간을 함께했던 포터들 자상한 배려를 끝까지 아끼지 않았던 이진석 사장 내외에게도 감사를 드렸다. 언제 다시 그들을 만날 수 있을지 기약이 없는 아쉬운 이별이었다. 우리는 포카라에서 경비행기 편으로 카트만두로 출발했다.

 히말라야여, 안녕! 내 영원히 그대들을 잊지 못하리라.

빈자의 화장

　나의 이번 히말라야의 여정은 20박 21일이었다. 카라반과 등반하는 동안 모든 것이 새롭고 신비롭게 다가왔다. 장엄한 히말라야 설산들과 이름 모를 들꽃들, 순수함을 간직하고 원초적 삶을 살아가는 그곳의 사람들과 생명들, 모두가 나의 영혼을 울렸다.

　등반을 끝내고 히말라야의 장대한 산맥을 한눈에 바라볼 수 있는 나가라콧 뷰포인트에서 일박을 하며 에베레스트에서 떠오르는 일출을 바라보는 행운과 함께 산촌과 농촌이 어우러진 네팔의 또 다른 문화를 접하는 귀중한 시간도 가졌다. 마을과 마을, 집과 집이 이어지는, 어릴 적 우리들이 놀았던 시골길이 거기에 있었다.

　사람과 가축만이 다닐 수 있는 골목길을 걷다가 땅거미가 내려앉은 마을 어귀에서 만난 아이들에게 사탕과 볼펜을 나누어 주고 디지털 카메라로 금방 찍은 사진을 보여주며 깔깔거리는 맑은 웃음소리와 신기하게 들여다보는 눈동자를 바라보는 동심의 시간도 있었다. 하지만 아이들은 신발을 신지 않은 맨발이었고 추운 밤도 불을 때지 않는 극빈의 환경인 그들은 보면서 마음은 한없이 애잔하기만 했다.

　마침 호텔 주변 마을에서 초상이 나서 변방의 장례문화도 접할 수 있었다. 마지막 이별에도 그들은 눈물이 없었다. 이승의 고단함에 사후세계가 더 행복하리라는 마음으로 자위하듯 살아가는 삶이니, 떠나보내

영혼이 자유를 만나다

는 사자에게 눈물을 보일 게 아니라 축복을 해주리라는 생각이 들었다.

가난하기에 군더더기 없는 간결한 삶, 죽음을 축복으로 받아들이는 그들의 마음을 읽으며, 다사다난한 우리의 삶보다 그들의 삶이 더 행복할 것이라는 생각에 이르렀다. 그러나 히말라야 산속을 벗어난 도시에서는 물질이 지배하는 다른 어느 곳과 마찬가지로 인간들이 치열한 생존경쟁을 하며 살아왔기에, 전쟁이란 역사의 흠결은 히말라야가 있는 나라라 해도 피해갈 수 없었다는 사실이 새삼스러웠다.

네팔의 수도 카트만두에서 다리 하나를 사이에 두고 빈부에 따른 각기 다른 죽음의 의식을 치르는 현장도 가까이서 목격하였다. 비록 빈부에 따라 의식은 다르지만 죽음이 이별의 슬픔보다는 신에게로 가는 사후부활의 의식이라 생각하는 그들이기에 슬픈 이별로 여기지 않았다. 그것이 히말라야였고 내가본 생경스러운 문화였다.

우리도 오랫동안 어려운 시절을 보냈기에 그 시간을 건너온 세대로서 그리움 같은 지난날의 잔영들을 히말라야 곳곳에서 만날 수 있었다. 절대적 빈곤을 겪지 않은 지금의 청년들은 히말라야를 보면 어떻게 생각할까. 우리 세대의 느낌과는 많은 편차가 있으리란 생각이 든다.

그러나 히말라야의 신비롭고 변화무쌍한 산정의 장엄한 비경만은 세대를 뛰어넘는 감탄으로 길이 남을 것이라 확신하면서, 건강과 시간이 허락한다면 히말라야를 다시 찾을 것이라는 생각들을 정리하며 안나푸르나 등반기를 맺고자 한다.

영혼이 자유를 만나다

2004. 7. 26 - 8. 3

킬리만자로 등반기

나이로비—나망가—아루사—모시—마차메 게이트—마차메 캠프—시라 캠프—바란코 캠프—카랑카 캠프—바라프 캠프—우르픽(5895m 킬리만자로 정상)—바라프 캠프—음웨카 캠프—음웨카 게이트—아루사—암보셀라, 응 고룽고로 국립공원 동물 사파리—나이로비

7월 25일 밤

히말라야, 마차푸차레, 안나푸르나 라운딩 및 베이스캠프 등반을 마치고 돌아온 뒤 늘 킬리만자로를 갈망했다. 산정 높이 올라서서 내 삶의 열정을 포효해 보리라던 킬리만자로……. 드디어 내일 장도에 오른다.

검은 대륙, 핍박으로 얼룩진, 살갗에 먹물로 한을 새긴 사람들이 사는 땅. 그 땅에서 유독 신비를 간직한 킬리만자로의 장엄한 대자연의 세계로 일상을 잠시 접고 떠난다. 하지만 떠나기에 앞서 이것저것 정리할 것이 많다. 살아간다는 것이 녹록치 않음을 이러한 시간이 오면 새삼 깨닫는다.

킬리만자로! 적도 3도 아래 위치해 있으나, 아름다운 만년설이 사시사철 덮여있는 곳. 북에서 남동에 이르는 80km의 장대한 주능선, 그 아래 펼쳐지는 약육강식의 대 드라마…….

지난번 히말라야에서 나는 많은 것을 보고, 자연의 신비에 감동하였다. 내 삶에 굵은 마디를 하나 새긴 것 같은 울림을 받았다.

이번 킬리만자로의 등반에도 두려움은 전혀 없다. 그저 미지의 세

영혼이 자유를 만나다

계에 대한 야릇한 기대감에, 떠날 날을 기다리며 올여름 내내 몸만들기에 전력했다. 아내의 잠든 얼굴도 평화로워 보인다. 나를 믿기 때문일 것이다. 내일은 무덤덤한 인사말을 남기고 떠날 나를 이해하리라 믿고 긴 시간을 불평 없이 양해해 준 아내에게 그저 감사할 뿐이다.

벽에 걸린 관세음보살님께 나 없는 동안 가족들을 잘 보살펴주시라고, 그리고 나의 여정을 안전하게 도와주시라고, 평소에 나를 고난에서도 꿋꿋이 견디게 해주신 임에게 간절한 기도를 드리고 내일의 출발을 위해 단잠을 청하였다.

7월 26일

출발. 나는 친구들과 산에 항상 함께 오르던 동료들에게 전화로 떠난다는 인사를 하고, 마지막으로 부모님에게 큰절로 인사를 올렸다. 먼 길을 떠나는 자식을 염려하시는 부모님의 말씀을 듣고 나니 눈시울이 적셔졌다. 그런 모습을 부모님에게 보이지 않으려고 서둘러 일어나 공항으로 차를 돌렸다.

오후 5시, 하늘도 깨끗한 김포 행 비행기에 여정을 실었다. 우리 대원들은 인천공항 H 카운터 앞에서 오후 6시 30분까지 만나기로 되어 있었다. 나는 약속시간에 차질 없이 도착했고, 먼저 온 일행들이 지방에서 온 나를 따뜻하게 맞이해 주었다.

출국 절차를 마치고 인천 발, 인도 뭄바이 행 대한항공 여객기에 탑승하였다. 우리는 기내에서 양주 한 병으로 첫 만남의 어색함을 풀었고, 취기가 오르자 모두 설레며 들뜬 모습이 역력했다.

7시간의 긴 비행 끝에 인도 뭄바이 공항에 도착하여 케냐의 항공기로 바꿔 탔다. 인도 뭄바이 공항에는 비가 내리고 있었다. 인천과 뭄바이의 시차는 3시간 30분이라 오늘은 아주 긴 밤이 될 것이다. 시계를 3시간 30분 뒤로 돌리고 잠을 청하려고 했지만, 좌석의 양옆에 인도인과 흑인이 많아 고유한 그들의 향기 때문에 잠을 이룰 수가 없었다.

뭄바이 공항은 인도에서 두 번째로 큰 도시지만, 공항시설과 운영은 인천공항과는 비교할 수 없을 만큼 열악하였다. 용변을 보러 갔었는데, 휴지를 사람이 화장실 입구에서 일일이 떼어주고 있었다. 휴지를 가져가는 도둑이 있는지, 절약하려는 방법이었는지는 알 수가 없다. 하지만 인건비 걱정은 하지 않아도 되는 모양이다. 그리고 화장실이 내국인용과 외국인용으로 구분되어 있었다. 그리고 게이트 대기료를 지급하라며 떼를 쓰는 불쾌한 일도 있었다. 영수증도 없이 받아가는 대기료가 공항관리의 부패와 나라의 품격을 의심케 했다.

영혼이 자유를 만나다

7월 27일

인도 뭄바이를 이륙하여 인도양을 건너 검은 대륙의 첫날을 기내에서 맞이했다. 비행기의 작은 창으로 여명이 밝아오고 있었다. 기내에서 바라보는 인도양의 일출도 한 폭의 그림이었다.

하룻밤 사이에도 불구하고 많은 시간을 지나온 것처럼 주변의 환경은 빠르게 변했다. 여행이라는 빠른 환경의 변화가 사람을 들뜨게 하는가 보다. 앞으로 몇 시간 후면 텔레비전에서만 보던 아프리카 영상들이 눈앞에 전개될 것이다. 맞선 보러가는 사람처럼 마냥 들뜬 기대감으로 부풀어 있었다. 인도 뭄바이와 케냐 나이로비의 시차는 2시간 30분. 나는 시계를 또 한 번 뒤로 돌렸다.

드디어 나이로비 공항에 도착하였다. 시계를 보니 아침 7시 10분. 한국은 지금 점심시간일 것이다. 나이로비에 첫발을 내딛는 순간, 나의 예상은 완전히 빗나갔다. 아프리카는 고온의 후덥지근한 불쾌한 날씨일 줄 알았는데, 그렇지가 않다. 가을 날씨처럼 습도가 없는 쾌적한 날씨였다. 케냐의 나이로비는 고도가 높아 날씨가 선선하여 아프리카에서 가장 살기 좋은 도시라고 한다.

우리는 현지 여행사의 안내로 미니버스를 타고 곧장 우리의 목적지 킬리만자로로 떠났다. 나이로비도 러시아워가 있는 모양이다. 시내를 통과하는데 시간이 많이 지체되었다. 그리고 우리나라의 간판 기업인 엘지와 삼성의 광고판이 가끔 눈에 들어온다. 인천을 떠난 지 하룻밤 사이인데 우리 기업들의 광고판이 새롭게 느껴진다.

　도심을 통과하니 드디어 광활한 아프리카 대평원이 전개되었다. 산은 보이지 않고 끝없는 광활한 평원에는 소와 양, 그리고 나귀 무리가 떼를 지어 풀을 뜯고 있었다. 도로는 직선으로 지평선에 닿아 있었다.

지평선에 닿아있는 킬리만자로 가는 길

광활한 황색 평원에 취하여 긴 비행시간의 피고함도 잊은 채 차창으로 들어오는 싱그러운 바람과 시시각각 전개되는 미지의 세계에 흠뻑 빠져있는 동안, 우리가 탄 미니버스는 케냐와 탄자니아의 국경 도시 나망가에 도착했다.

탄자니아 입국 비자를 신청해놓고 이국의 새로운 모습을 사진에 담느라 분주했다. 국경도시 나망가는 잡상인들이 들끓었고 양국 사이에 치외법권 지대 같은 공간이 있었다. 비자를 발급받는 시간은 40분 정도 소요되었다. 탄자니아 비자를 발급 받고 입국수속을 마친 후 곧장 킬리만자로를 향해 갔다.

탄자니아로 접어들자 도로가 좁아졌다. 케냐보다 국력이 약한 탓이라고 한다. 그러나 길은 깨끗하게 쪽쪽 뻗어 지평선에 닿아있고 광활한 대평원은 그대로 이어지고 있어, 국경을 넘어온 것 같은 느낌은 전혀 들지 않았다.

예전에는 탄자니아와 케냐가 하나의 국가였는데, 지배자의 영향으로 국력의 차이가 생겼다고 한다. 우리도 남북으로 나뉘어져 있으니 힘의 지배는 어디든지 작용하는 모양이다. 약육강식의 땅에서 이런 생각을 하게 되니 우연은 아닌 것 같다.

탄자니아로 접어드니 숲이 조금 진해지고, 깡말라 보이던 황색의 대평원에 생기가 조금 도는 것 같다. 지금의 킬리만자로 일대는 건기의 막바지라서 초목들이 건초처럼 말라있었다. 그래서 황야에는 황토의 회오리바람이 날리고 가축들은 척박한 초원을 생존의 몸부림으로 고난의 행군을 하고 있었다.

가축들과 같은 삶을 살아가고 있는 말로만 듣던 마사이족을 간혹 볼 수 있었다. 붉고 푸른 원색에 가까운 체크무늬 천으로 머리부터 다리까지 감싸고 창과 막대기를 들고 가축을 보살피는 그들의 표정 없는 모습이, 초목이 타들어가는 아프리카의 척박한 자연의 일부 같아 안타까웠다.

마사이족은 아프리카의 수많은 종족 중에서도 가장 용맹스럽고 날렵하기로 이름난 종족이라 한다. 야생의 기질을 그대로 간직한 그들은 키가 크고 늘씬하여 보기에도 강하고 빨라 보였다. 그들은 자신들의 가축을 맹수로부터 보호하기 위해 항상 창과 칼을 들고 다닌다고 한다.

나이로비를 출발하여 숨 가쁘게 달려온 광활한 대륙의 저 멀리에 우리가 그렇게 염원했던 킬리만자로가 구름에 둘러싸여 아득히 솟아올라 있었다. 차를 세워 기념촬영을 하고 용변을 보는 동안 마사이족 아이들이 가까이 다가왔다. 그들과 기념촬영을 하고 초콜릿도 나눠주니 무표정하던 아이들이 금방 환하게 웃는다. 아이들의 웃는 얼굴은 어디서나 마음을 깨끗하게 해준다.

끝없는 대평원의 연속. 좁은 국토에서 살아온 우리로서는 그저 탄성만 나올 뿐이었다. 광활한 평원을 직선으로 달리다시피 하며 국경

영혼이 자유를 만나다

을 하나 넘어왔는데도 어디에도 물이 보이질 않았다. 안내자에게 물어보니 먹을 물조차 멀리서 길어온다고 한다. 조물주는 어느 한쪽에 모든 것을 다 주지는 않는 모양이다. 이 광활한 대평원에 맑은 물이 계곡마다 흐른다면 동식물과 사람들이 풍요롭게 살 수 있는 지상낙원이 될 수 있지 않을까 생각해보았다.

깡마른 대지 위의 초목들은 보기에도 안쓰러울 정도로 건기의 막바지를 힘겹게 버티고 있었다. 황토색의 대평원 곳곳에 황토기둥처럼 생긴 개미집이 솟아올라 있었고, 황토먼지를 흩날리는 회오리바람이 눈에 자주 뜨일 정도로 많이 불어올라, 하늘에는 날아오른 황토먼지가 뿌옇게 끼여 있었다.

해발 4566m의 메로픽을 오른쪽으로 감아 돌아 탄자니아 제2의 도시 아루사에 도착하였다. 이제까지 보지 못한 푸른 가로수가 줄을 서 있었고, 푸른 잎들 사이로 붉은 꽃들이 주렁주렁 매달리듯 피어 있었다. 바나나농장들도 이곳저곳 많이 보였고, 도시 곳곳은 예쁜 꽃들로 공간을 단장하였다. 또한 녹색의 숲들은 열대의 정열을 마음껏 내뿜고 있었다.

아루사의 멋진 레스토랑에서 잠시나마 풍요로움을 느끼며 점심식사를 하였다. 메뉴는 아프리카 식 요리였다. 깡마른 평원을 달려온 길이라 아루사는 오아시스 같은 기분이 들었다. 사람들의 모습도 삶의 활기를 느끼게 했다.

이루사는 사람이 많이 살지 않아 그런지 비교적 환경은 깨끗해 보였고, 습도가 적은 건기라 창문만 열면 시원한 바람이 들어와 아프리카의 그 원초적 느낌과는 거리가 멀었다. 아프리카 하면 덥고 지저분할 것이라던 생각은 완전히 빗나간 것이었다.

우리는 점심을 먹은 뒤 서둘러 킬리만자로의 산자락 도시 모시를 향해 출발했다. 모시에서 하루를 묵고 내일은 그렇게 염원했던 킬리만자로 산정으로 들어갈 것이다.

모시의 시장 풍경

1시간 40분가량 달려가니 오늘 우리가 묵을 작은 도시 모시에 도착했다. 그리고 이름도 색다른 키스 호텔에 여장을 풀었다. 인천에서 킬리만자로 모시까지 25시간이 소요되었지만 미지의 세계에 대한 호기심 하나로 여행의 지루함은 전혀 느끼지 못했다.

키스 호텔은 열대의 식물들로 정원이 가득 찼으며, 전반적으로 깨끗하고 정갈했다. 방 안에는 천장부터 아래로 모기장이 드리워져 있어 말라리아에 대한 경계심을 느끼게 하였다. 저녁을 먹고 마을을 돌아보고 싶었지만 모기에 물릴 걱정이 되어 잠자리에 일찍 들었다.

7월 28일

닭 우는 소리에 일어나니 아침 6시다. 히말라야의 아침을 연상케 했다. 어디서든 언제든 새벽 닭 우는 소리는 그리던 고향에 찾아가 아침을 맞이하듯 정감 있는 포근함을 느끼게 한다.

등반기를 간단히 적고 오늘 입을 옷을 점검하고 난 뒤 가벼운 운동으로 몸을 풀었다. 우리 일행들은 오늘 킬리만자로의 품으로 입성한다는 들뜬 마음에 아침을 서둘러 먹고 킬리만자로의 첫 관문 마차메 게이트로 향했다. 가는 도중 모시의 YMCA에서 미리 예약한 셰르파와 쿠커, 포터 등 총 23명과 합류하여 마차메 게이트에 도착하였다.

마차메 게이트는 각국에서 온 등산객, 현지 고용인들이 모여 있어 인종 전시장 같아보였다. 입산수속을 밟는 동안 포터들은 짐을 분산 하느라 아주 분주했다.

킬리만자로 첫 관문인 마차메 게이트

입산수속은 까다로운 모양이다. 포터들도 20kg 이상의 짐은 가져 갈 수 없다고 했다. 정부에서 인력을 많이 쓰게 하려는 것 같기도 하고, 포터를 보호하는 목적도 있는 것 같았다. 가만히 생각해보니 우리나라도 한라산이 6000m만 솟아올랐었다면 제주의 아름다운 자연경관과 더불어 세계 각국의 등산객들을 불러 모아 등산문화를 교류하고 나라를 알리는데도 큰 도움이 되었을 것이다.

입산수속이 조금 지루하게 느껴진다. 여기까지 달려오는데 낭비하지 않는 시간들을 여기서 다 까먹는 기분이 든다. 1시간 30분가량의 시간이 걸려 입산수속이 완료되고 드디어 킬리만자로의 밀림으로 빨려 들어갔다.

초입은 아주 상쾌하였다. 등산로는 잘 정비되어 있었다. 화산가루 같은 마사토와 원목으로 계단을 만들고 배수로도 정비를 잘 해놓았다. 예전에는 이 길이 진흙탕 길이었다고 킬리만자로를 4번째 온 윤대장이 말했다.

밀림 숲속은 이끼가 나무꼭대기까지 자라 우기에는 앞이 보이질 않을 것 같다. 지금 날씨는 우리나라 10월 중순 날씨처럼 서늘했다. 고도가 점점 높아지니 밀림지대도 서서히 빠져 나가고 있었다.

우리는 밀림지대를 거의 빠져 나올 무렵에 도시락으로 점심을 해결했다. 잠시 휴식을 취하고 출발하니 얼마 안 가 가파른 길이 나왔다. 이삼십 분 간격으로 쉬어가며 수분을 보충하고 보행과 호흡을 조절하였다.

어느덧 개활지가 나오고 하늘이 보이면서 킬리만자로의 장엄한 산군이 눈에 들어왔다. 마차메 캠프에 도착한 것이다. 앞서온 셰르파와 포터들은 텐트 설치와 식당 설치하기에 분주하였다.

우리는 각자의 텐트를 배정받고 들어가 짐을 풀고 옷을 갈아입었다. 그리고 식당용 천막에 모여 처음으로 산중생활에 들어갔다. 차종류를 많이 준비해 왔다. 고소증을 이기기 위해서는 물을 많이 마셔야 했기에 생강차, 대추차, 코코아차 등 여러 종류의 차를 마셨다.

저녁식사 때에는 다음날 고된 산행에 대비하여 윤 대장이 보양식으로 소 불고기를 만들어줬다. 그리고 다른 반찬도 너무 푸짐했는데, 모두 윤 대장의 장 보는 솜씨와 조리 솜씨에 탄복했다. 음식의 간이며 맛이 산사람의 입에 딱 맞았다. 앞으로도 많이 먹어준다면 얼마든지 해줄 수 있다고 한다. 해발 3100m의 별빛 아래의 만찬은 산사람만이 즐길 수 있는 특권이라며 모두 행복한 시간을 보냈다. 저녁식사 후 각 대원들은 해외원정경험담과 국내산행이야기를 주제로 장시간 대화를 나누고 텐트로 돌아와 잠자리에 들었다.

하지만 얼마 안 가 고소증이 왔는지 머리가 띵하고 가슴이 조금 답답하여 밖으로 나왔다. 밤이라 기온이 많이 떨어졌다. 시계를 보니 새벽 4시 10분이었다. 그곳의 밤은 온통 별들의 세상이었다. 킬리만자로 정상 쪽에서 서치라이트 불빛처럼 밝은 별빛이 보였다. 금

성인 것 같았다. 정말 아름다운 별밤이었다.

그러나 아름다움에 취해 있기에는 몸이 그리 편하지가 않았다. 이제부터 자연에 동화되어야 했다. 그렇지 않으면 모든 것이 불편할 것이다. 싸늘한 밤공기를 마시고 다시 침낭 속으로 들어가 억지로 잠을 청해보았다.

마차메 캠프에서 텐트를 설치하고 있는 셰르파와 포터

7월 29일

잠을 설치며 보낸 밤이었지만 아침햇살을 맞으니 기분이 상쾌하다. 차를 몇 잔 마시고 아침식사를 하였다. 캠프의 아침은 매운 분주하다. 다음 캠프로 이동하기 위하여 포터들이 식사동 텐트와 숙소 텐트를 해체하느라 바쁘다. 너무나 건조하여 먼지가 많이 난다. 호흡기가 안 좋은 사람은 바로 탈이 날 지경이다. 나는 코가 좋지 않아 항생제와 소화제, 감기약 등을 예방차원에서 먹고 물을 많이 마셨다. 건조하고 먼지가 많고 기압이 낮고 산소가 희박하여 모두 힘들어 한다.

아침햇살을 받아 파르스름한 이끼들은 고산의 밀림에서만 볼 수 있는 특이한 현상이다. 오전 9시에 마차메 캠프를 출발하여 10시경에 능선에 오르니 저 멀리 아루사에 있는 메로픽(4566m)이 구름 위에 솟아있다.

해발 3500m에 올라서니 킬리만자로에만 자생하는 하얀 꽃이 여기저기 무리지어 피어있다. 손으로 만져보니 물기가 전혀 없는 드라이플라워 같았다. 이 메마른 화산에, 그것도 고도가 높아 몇 종류의 식물만 자라는 척박한 산자락에 홀로 피는 킬리만자로의 꽃, 그 강한 생명력은 어디에서 오는지 신기하였다.

킬리만자로에서만 자생하는 킬리만자로 꽃

　고도가 높은 킬리만자로에서 서식하는 식물들은 몇 종류가 되지 않았다. 그 중에 향나무처럼 생긴 에리가, 사람 키보다 더 높이 자란 스네시언, 그리고 땅바닥에 기다시피 하는 노밸리언 등, 그중에도 많이 보이는 이 식물들을 현지 셰르파에게 이름을 물어 알게 되었다. 새로운 식물을 관찰하며 힘겹게 언덕을 오르니 길게 뻗은 능선이 보였다.

　능선을 따라 한참을 내려가니 펑퍼짐한 시라 캠프(3840m)가 마치 우리를 기다린 듯 나타났다. 광장처럼 펼쳐진 시라 캠프에는 물이 흐르고 있었다. 척박하고 메마른 화산석 위로 물이 흐른다는 것이 정말 신기했다.

이틀을 올라오니 고산 증세는 확연히 느껴졌다. 몸을 자꾸 움직여야 고소적응에 도움이 되기 때문에 우리는 텐트 주변을 배회하였다. 널린 화산석을 보니 문득 히말라야에서 주워온 돌이 생각났다. 그 돌을 볼 때마다 히말라야가 그 돌 속에 전부 들어있는 것 같았다.

나는 집에 기념으로 가져갈 돌을 고소적응도 할 겸 탐석했다. 힘들게 지고 갈 포터의 안타까운 생각에 몇 번이나 망설이다가 손안에 쥐어지는 작고 가벼운 화산석을 두 점을 주워서, 갈아입은 속옷에 다치지 않게 감싸고 비닐 백에 넣어두었다.

저녁을 먹으러 모인 식당 텐트에서 일행들과 대화를 나누웠다. 다들 산행경력이나 체력이 대단하신 분들이지만 나를 비롯한 모든 대원들이 고소증을 느끼고 있었다. 오늘밤은 견디기가 쉽지 않을 것 같다. 밤이 되면 기압이 떨어져 고소증이 심해지고 일교차가 무려 20도가 되니 적응이 쉽지 않을 것이다.

다행히 대화하면서 먹은 식사의 반찬이 일품이라 든든하게 먹을 수 있었다. 입맛을 잃을 만도 한데 반찬이 너무 맛이 있어 식사하는 데는 전혀 어려움이 없었다. 반찬을 만든 윤 대장은 리더 역할 뿐만 아니라 여러 방면에서 자질이 뛰어났다. 시라 캠프의 별밤도 아름답기로 소문이 나 있었지만, 춥고 피곤하여 감상을 포기하고 말았다.

7월 30일

눈을 뜨니 아침 6시 25분이었다. 오늘은 바란코 캠프로 이동하는 날이다. 이번 등반 중 정상등정의 날을 빼고는 제일 힘든 날이 될 것이라고 한다. 나는 침낭에 몸을 반쯤 파묻고 등반기를 쓰고 있다.

밤새 텐트마다 방귀 소리가 심심치 않게 들렸다. 기압차 때문에 가스가 많이 생기고 배출도 잘되는 모양이다. 보행 중에는 여러 사람이 거의 동시에 가스를 내뿜어서 조금 과장하면 따발총 소리가 난다.

해발 3840m의 시라 캠프의 밤은 고소증을 제대로 실감하는 밤이었다. 가만히 누워있는데도 가슴이 답답하고 호흡이 거칠어지고 맥박이 불규칙해지는 고소증을 제대로 실감한 것이다. 머리가 아픈 것은 고소증의 첫 증상이다. 진통제, 소화제, 아스피린 등의 약을 먹고 지난밤을 견디었다.

대원 중 한 분이 고소증이 심하여 음식물을 토한 모양이다. 정상 등반을 하기 어려울 것 같다고 본인이 말한다. 우리 대원 중에 닥터가 한 사람 있었다. 그분은 고산등반경험이 많은 분이었다. 고소적응 중이니 오늘 하루만 참으면 좋아질 것이라고 한다. 우리 대원들은 일정을 하루 늦추더라도 전원 정상등정의 기쁨을 함께 누리자며 그분을 안심시켰다. 그분은 감동을 한 듯 눈시울을 적셨다.

오늘 산행은 이번 킬리만자로의 정상등정의 성패를 좌우하는 날이기도 하다. 고도를 4570m까지 올렸다가 3840m까지 내리는 날이다. 한마디로 고소적응을 확실히 훈련하는 날이다. 오늘 고소적응에 실패하면 하산을 감수해야 한다.

아침을 먹고 보온 수통에 물을 가득 채우고 작은 페트병에도 물을 담았다. 오늘은 산행시간도 길고 산행구간도 멀다. 8시 45분에 시라 캠프를 출발하여 곧장 거북이 보행에 들어갔다. 화산석의 언덕을 타고 계속 올라갔다.

드디어 멀게만 보이던 정상이 가까이에 보인다. 우리는 킬리만자로의 산군을 서쪽에서 동쪽으로 감아 돌고 있었다. 시시각각 위치에 따라 변하는 장엄한 산군의 모습은 대단한 장관이었다. 능선을 따라 오르는 길에는 새카만 화산석과 기이한 형상의 돌기둥들이 널러 있었다.

이러한 자연의 위대한 모습 앞에서 나는 애석하게도 두통이 심하고 속이 거북스러웠다. 몸을 추스르고 4300m 지점에 도착하여 점심을 먹었다. 밥이 넘어가지 않아 황도 통조림 하나로 겨우 끼니를 때우고 4570m의 능선을 향해 무거운 발길을 옮겼다.

4570m의 능선은 정상 산군의 깎아지는 절벽 아래 위치해 있으며, 만년설이 바로 눈앞에 보였다. 그리고 여기저기에서 만년설이 녹은

영혼이 자유를 만나다

물이 맑게 흘러내리고 있었다. 손이라도 씻어보고 싶었지만 피로가
겹쳐 몸이 말을 듣지 않았다.

오늘의 숙영지인 바라코 캠프는 해발 3840m에 있다. 그래서
4570m의 능선에서 하강하여야 한다. 힘든 고지에 올라왔는데 다시
내려가려니 아까운 생각도 든다.

내리막길은 화산석이 부서진 모래가 깔려 있어서 융단처럼 폭신
했다. 만년설이 녹은 물로 수량이 확보된 협곡에는 환경에 적응한
여러 식물들이 자라고 있었다. 특히 스네시언 노벨리언은 군락을 이
루어 살면서 척박한 화산지대에서 생명력을 과시하고 있었다.

킬리만자로의 화산석과 돌기둥들

스네시언 군락

    킬리만자로는 단일 산군이라 바라코 캠프로 가는 가파른 내리막 길은 시야가 탁 트인 장쾌한 풍경이 펼쳐졌다. 킬리만자로 화산의 폭발은 문헌에 나와 있지 않는 것으로 보아 기원전에 발생한 일일 것이다. 하지만 백두산보다 더 화산활동의 흔적을 실감할 수 있었다.

    협곡을 따라 융단처럼 폭신한 화산재를 밟고 절반은 미끄럼을 타다시피 하며 내려오니 스네시언 군락이 우리를 반기기라도 하듯 길

영혼이 자유를 만나다

가에 줄을 서서 맞아주어 킬리만자로의 정취를 마음껏 누릴 수 있었다. 하늘을 보며 나 스스로에게 감사하며 행복해 했다.

바란코 캠프는 협곡 아래 자리 잡고 있었다. 형형색색의 캠프촌은 멀리서 보면 아주 낭만적이고 시적이다. 한 폭의 그림 같았다. 가는 길이 내리막길이라 보행속도를 조금 빨리 했더니만 고소증이 더욱 심하게 왔다.

고된 하루의 해가 능선에 걸릴 무렵 바란코 캠프에 도착하였다. 먼저 온 포터들이 설치한 텐트에 여장을 풀고 모처럼 얼음장 같이 차가운 계곡 물에 손발을 씻었다.

오늘밤을 지셀 것이 걱정이 됐다. 이틀 밤을 지내보니 밤이 두렵다. 그래도 힘든 구간을 잘 버텼으니 정상등정도 잘 해낼 것이다. 식당 텐트로 들어가 차를 몇 잔 마시니 쌓인 피로가 조금은 가셨다. 나는 저녁을 먹는 둥 마는 둥 하고 식당 텐트를 빠져나와 등반기를 쓰기 위해 숙소 텐트 안으로 들어갔다. 백두산과 히말라야를 돌아 킬리만자로의 산허리를 베고 이 글을 쓰고 있는 내 자신이 무언가 혜택 받은 사람처럼 느껴졌다.

오늘 산행구간에서 나는 많은 것을 느꼈다. 고산등반의 성패는 고소의 적응과 날씨의 관계다. 서두르지 않는 보행이 고소적응의 요령인 것 같다. 오늘 나의 보행법을 셰르파의 우두머리 준이 엄지손가락을 치켜들며 칭찬해 주었다.

우리의 삶도 그럴 것이다. 서두르지 않고 한 발짝 한 발짝 착실히 이어간다면 실패는 없을 것이다. 나는 아내에게 발신지가 킬리만자로인 편지를 쓰고 내일의 산행을 위하여 억지로 눈을 감았다. 오늘 밤은 기나긴 밤이 될 것이다.

7월 31일

어제의 산행은 힘들었던 고소와의 싸움이었다. 지난밤은 두통과 추위에 떨며 지샌 고단한 밤이었다. 자다가 일어나 앉기를 여러 번, 새벽녘엔 까마귀가 울고 종달새 소리 같은 새소리가 들리다가 그쳤다. 킬리만자로 까마귀는 목둘레에 하얀 띠가 있고, 덩치가 독수리만큼 크다. 한국 까마귀보다 부리도 잘생기고 귀족스럽다.

오늘은 카랑카 캠프로 이동하는 날이다. 조식을 하고 곧바로 깎아지는 절벽으로 기어올랐다. 숨이 차다. 이젠 고소의 보행법을 안다. 탄자니아 말로 '뽈리, 뽈리', 우리말로 천천히, 천천히 걸으라는 뜻이다. 고소에 적응하는 방법은 서두르지 않는 것이다. 그러나 우리처럼 빨리 빨리에 길들여진 사람들이 하루아침에 뽈리 뽈리로 바꾸기란 쉽지 않다.

영혼이 자유를 만나다

바란코 캠프에서 카랑카 캠프로 이동 중 킬리만자로를 배경으로

카랑카 캠프에서 킬리만자로를 배경으로

    우리는 가파른 능선을 넘어 완만한 경사지를 만났다. 불에 구운 듯한 화산석은 깡말라서 보기만 해도 목이 탄다. 진회색의 화산 먼지는 콧구멍을 새카맣게 채웠다. 하지만 우리는 정상을 향하여 한 발짝 한 발짝 나아가고 있다. 대원들의 얼굴에는 가끔씩 웃음이 배어 나왔다.

    카랑카 협곡도 바란코 협곡처럼 수량이 풍부하고 아름다웠고, 스네시언 등 몇 가지 식물들이 잘 자라고 있었다. 카랑카 캠프는 능선

영혼이 자유를 만나다

위에 있었다. 그래서 식수를 1km 남짓한 계곡 아래서 길어가야
했다.

  카랑카 계곡은 마지막 생명수가 있는 계곡이다. 앞으로의 식수는
이 계곡에서 물을 길러 마지막 캠프까지 운반해야 한다. 이젠 물 한
방울도 함부로 버릴 수가 없다. 3일 먹을 물을 여기서 확보하여 운
반하여야 한다니 쉬운 일이 아니었다. 포터의 도움이 없다면 등정은
불가능할 것이다.

  오늘은 산행을 일찍 끝내고 나니 시간이 많이 남아돈다. 나는 고
소적응도 할 겸 이곳저곳을 둘러보았다. 그러다가 양지바른 곳에 어
린 짐승처럼 누워 쉬고 있는 포터들을 보았다. 그들이 이 땅에 태어
나 겪고 있는 시련이 참 혹독하다 싶어 코끝이 찡했다. 조상들은 머
나먼 타국으로 끌려가 노예가 되어 채찍으로 생을 마감했고, 그 후
손들은 천형 아닌 천형을 받고 아직도 이 땅에서 굶주림에 벗어나지
못하는 고단한 사람들…….

  짠한 마음을 가눌 길 없어 시 한 수로 내 마음을 달래보았다.

  킬리만자로의 사람들

  화산의 잿물이
  몸속에 파고들어

전신이 까맣게 타버린

킬리만자로 사람들

그들의 타버린 두 눈에

슬픔이 먹물처럼 흐른다

하늘도 잿빛 땅도 잿빛

그들의 삶도 잿빛으로 보인다

차라리 이 땅에

킬리만자로의 표범으로 태어나

광활한 황야를 질주라도 할 것이지

전생에 무슨 천형을 받아

1$로 하루를 살아가는

1$의 노예가 되었을까

킬리만자로여

우뚝 선 채 흰 구름만 휘날리지 말고

무슨 신기를 부려서라도

저 가슴까지 까맣게 타버린

순하디순한 양들을 살려내어라

킬리만자로여

눈을 받아 눈물만 쏟아내지 말고

저 가녀린 양들의 가슴에

푸른빛과 푸른 희망을

흥건히 적시게 하라

시를 메모지에 적고 나니 그들이 너무나 애처로워 하늘이 뿌옇도록 눈시울이 젖어들었다. 나는 발길을 돌려 산 아래 흰 구름을 내려 보며 우리 조국의 젊은이들은 참 행복하다는 생각을 하면서 아리는 마음을 스스로 달랬다.

이제 이 밤이 지나고 나면 마지막 캠프인 바라프 캠프로 간다. 그리고 이틀만 지나면 정상등정의 어려운 시간이 올 것이다. 그 시간이 기다려진다. 꼭 등정하리라. 얼마나 갈망했던 시간인가. 이제 체력이 안정되었다. 고소에 어느 정도 적응이 되어가나 보다.

우리는 저녁을 먹고 멋진 월출을 볼 수가 있었다. 오늘이 보름인가 보다. 구름 한 점 없는 고요한 산정이 보름달 덕분에 무척이나 밝다. 정상등정의 야간등반에 랜턴이 필요 없을 것 같다. 이렇게 밝은 보름달을 이곳에서 볼 수 있어 행운이다.

오늘밤은 할아버지 제삿날이기도 하다. 어머니께서는 늘 할아버지 제사에 각별히 정성을 들이는 것을 나는 자라면서 늘 보아왔고 어머니를 대신하여 나 역시 그렇게 해왔다. 킬리만자로의 품에서 달을 보고 할아버지를 추모하니 나이가 들어도 집과 가족들 생각이 간절해진다.

오늘은 불교에서는 하늘의 문이 열려 떠도는 영혼들이 걸림 없이 승천한다는 백중날이기도하다. 우연치 않게 좋은 날, 좋은 곳에서 좋은 밤을 맞이하고 있는 달빛 고교한 아름다운 밤이다. 야경이 너무 아름다워 달과 산정을 카메라에 담아보았다. 하지만 잘 담아졌는지는 의문이다.

서로를 위로하듯이 덕담으로 인사를 나누고 하나둘씩 침낭 속으로 파고들었다.

8월 1일

어젯밤은 바람 한 점 없는 포근한 밤이었다. 달빛 아래 각국의 등반대원들이 펼쳐 놓은 원색의 텐트들이 정감 있어 보였다. 소변을 보러 밖을 나가니 킬리만자로의 자태가 달빛 아래 선명하였다. 고요함 속에서 모처럼 단잠을 잤다.

아침에 일어나서도 기분이 상쾌했다. 윤 대장은 전원등정에 차질이 없을 것이라고 확신한다고 말하였다. 구간마다 1시간 내지 2시간을 앞당겨 왔단다. 우리는 마지막 전진 캠프인 바라프로 이동하기 전에 충분히 휴식을 취했다. 고소적응도 어느 정도 되었고 푹 쉬어서 발걸음이 가벼웠다.

화산석 너덜의 긴 비탈길에 올라서니 저만치 오늘밤 정상으로 올라갈 능선이 시야에 들어왔다. 깡마른 협곡을 지나 또 능선에 올라섰다. 킬리만자로의 산군은 단일 산군인데도 정말 대단하였다. 서에서 동으로 감아 도는 우리의 루트는 발길을 옮길 적마다 산군의 모습이 달라졌다. 시야에 없던 계곡이 갑자기 나타나고, 낮게 엎드려 있던 능선이 엄청나게 솟아올라 있었다. 시계의 높낮음의 분간이 되질 않았다.

큰 협곡 두 곳을 힘겹게 지나 우리는 드디어 마지막 캠프인 바라프에 도착했다. 캠프에서 바라보니 저 멀리 마웬지 봉이 아름답게 보였다. 마웬지 봉은 케냐와 탄자니아 사람들이 신성시하는 산으로, 일반인들의 접근을 금한다고 했다. 문득 히말라야의 마차푸차레가 떠올랐다. 그 산 역시 신성시 여겨 등반을 금지하는 구역이었다. 마차푸차레의 아름다움과 신비가 마웬지 봉에 선명히 겹쳤다.

캠프 지대가 고도가 높은 지역이라 협소하였다. 용변을 보는 것도 쉽지가 않다. 심호흡을 하며 힘을 주어야 가능했다.

바라프 캠프에서 바라본 마웬지 봉

텐트가 설치되자 모두 텐트 안으로 들어가 정상등정에 필요한 장비와 배낭을 챙기고 남은 짐을 정리한 후 바로 잠자리에 들었다. 그러나 긴장감 때문에 잠이 오지 않았다.

정상출발 예정시간은 밤 11시, 밖을 내다보니 달빛이 대낮처럼 환했다. 간식도 입에 넣기 좋게 모두 껍질을 벗기고 바깥 주머니에 넣었다. 마음 졸이며 기다리던 정상출발의 시간이 드디어 왔다. 우리는 김치국밥으로 간단한 식사를 했다. 윤 대장이 일일이 복장과 몸 상태를 확인했다. 우리 대원들은 그동안 고소적응을 잘 했으니 끝까지 잘 해낼 것이라면서, 식사량을 보면 그것을 알 수 있다고 하며 용기를 준다. 이제 남은 건 마지막 남은 체력과 정신력으로 고소증과 추위를 이겨내야 하는 기나긴 싸움이다.

우리는 셰르파 준의 지휘에 따라 킬리만자로 신령님에게 전원무사 등정과 안전을 비는 그들 특유의 주문으로 경건하게 의식을 올렸다. 등반 인원은 함께 왔던 포터와 쿠커는 제외하고 셰르파 3명, 윤 대장과 대원 7명, 총 11명이었다. 대열을 정하고 남은 인원들의 박수를 받으며 출발하였다.

달빛 고요한 산정의 적막을 뚫고 시간이 어떻게 흘러갔는지 대원들의 가쁜 숨소리와 긴장감만 맴돌 뿐이다. 너덜의 오르막을 지나 화산재가 깔린 가파른 경사면을 올랐다. 날씨는 참으로 좋았다. 바람 한 점 없는데다 달빛마저 대낮 같으니 야간등반하기에는 최적의 날씨였다.

영혼이 자유를 만나다

한 발짝 한 발짝 지그재그로 타고 오르는 경사면을 걷다보니 가도 가도 끝이 보이지 않는 제자리걸음을 하는 기분이 들었다. 게다가 기압이 떨어진 야간등반은 고소와 추위로 체력의 극한을 시험케 했다.

시간이 한참 지났는데도 능선은 보이지 않았다. 서너 발짝만 걸어도 가쁜 숨을 몰아쉬게 되고, 스틱에 온몸을 의지 한 채 자주 쉬어가다 보니 그렇게 느껴지는 모양이다.

화산석이 풍화에 잘게 부셔지면서 생긴 모래 길은 가파른 S 자로 끊임없이 이어졌다. 그 길은 한 발짝 올라서면 두 발짝 밀리는 기분이 들어 우리를 지치게 하였다.

얼마나 올라왔는지 발밑에 눈이 조금씩 밟힌다. 기온은 더 내려가고, 의식도 완전하지가 않은 것 같다. 스틱에 의지한 채 땅만 내려보고 오르다가 고개를 드니 달빛에 하얀 능선이 저 멀리에 어렴풋이 보였다. 바로 여기가 등정을 포기하고 내려가는 마의 5600m 지점으로, 해가 뜨면 추위에서는 벗어날 수 있다고 한다. 해 뜰 때까지 안간힘을 쏟으며 올라가야 한다.

나는 한 발짝 한 발짝 옮길 때마다 가족의 이름을 하나하나 부르기 시작했다. 극한의 고통을 이겨내는 최후의 방법이다. 모든 이성과 감성이 멈추는 것 같았다. 정상을 쳐다보아도 만년설의 거리는 좁혀지지 않는다. 하지만 우리 대원들은 한 사람도 간격이 벌어지지 않고 달빛 아래 사투의 행진을 계속하여 갔다. 대원들의 숨소리만이 적막한 킬리만자로를 깨웠다.

드디어 가물가물 하던 능선이 선명하게 보이기 시작했다. 그러나 여명은 밝아오지 않았다. 주머니에 넣어둔 찹쌀파이를 꺼내 입어 넣어보니 엿가락처럼 단단히 얼어있다. 물을 먹어야 하는데 손가락이 굳어 보온병 뚜껑을 열 수가 없다. 세르파의 도움으로 겨우 한 모금 마시고 일어서려다 비틀거렸다. 또 한 걸음 또 한 걸음 무의식적으로 가족의 이름을 부르며 오르고 올랐다.

드디어 능선에 올라섰다. 해발 5745m의 셀라 포인트 능선에 올라선 것이다. 어둠속에서 거대한 하얀 언덕이 보였다. 신비에 싸인 정상을 향하여 마지막 힘을 다해 다가섰다.

착시인가? 눈을 껌벅여본다. 그것은 확실히 하얀 언덕이다. 자세히 보니 거대한 빙산이 정상의 부분에 가로 놓여 있었다. 실로 감탄할 일이다. 킬리만자로 정상에 거대한 빙산이라니. 우리는 사전정보가 없었기에 더욱 놀랐다. 거대한 빙산의 얼음절벽은 나이아가라 폭포처럼 하얗게 흘러내리는 형상을 하고 있었다.

얼어붙은 손으로 카메라를 들고 정신없이 사진을 찍었다. 그리고 정상표지판을 향하여 한 걸음 한 걸음 발길을 옮겼다.

드디어 정상에 섰다. 그제야 멀리서 여명이 밝아왔다. 우리는 누군가 먼저랄 수도 없이 부둥켜 않고 등정의 기쁨을 나누었다. 감내하기 힘들었던 고통의 시간 끝에 성취한 벅찬 감동을 무슨 말로 표현하리.

영혼이 자유를 만나다

킬리만자로 정상부근의 거대한 폭포 같은 신비스런 빙산

킬리만자로 정상에서 만난 일출

때마침 동쪽에서 태양이 머리를 드러냈다. 거대한 얼음 분화구에 닿은 햇살은 신비롭고 황홀했다. 얼어붙은 손이지만 그 황홀경을 놓치지 않고 카메라에 담았다. 왼쪽에는 거대한 빙산의 파노라마, 오른쪽에는 넓은 호수 같은 눈 덮인 하얀 분화구들, 살을 에는 추위 때문에 오랫동안 사진을 찍을 수 없는 것이 안타까웠다.

꿈속 같은 정상의 황홀경을 가슴에 담고 추위와 고소증에 쫓겨 하산을 서둘렀다. 이리 흔들, 저리 흔들, 몸을 제대로 가눌 수가 없었다. 이제까지 느껴보지 못한 또 다른 상태의 고소증이 온몸을 덮쳐 내린다. 속이 메스껍고 몸은 만취상태처럼 흐느적거린다. 어젯밤 지그재그로 올랐던 화산재의 길을 중심을 잃은 고소증 상태로, 한 발짝 옮기면 두 발짝 미끄러지며 정신없이 내려왔다. 생물이 존재하지 않는 황량한 계곡이 길고도 길게 이어졌다.

시커먼 화산재를 온몸에 둘러 쓴 채 파김치가 되어 바라프 캠프로 돌아왔다. 전원등정의 소식을 전해들은 포터들이 너무나 밝은 얼굴빛으로 우리를 맞아 주었다. 그리고 먼저 온 윤 대장도 반갑게 맞이해주었다. "킬리만자로의 등정을 진심으로 축하합니다."라는 윤 대장의 말이 뜨거운 혈류를 타고 전신을 휘돌았다.

나는 텐트 속으로 들어가자마자 그대로 쓰러졌다. 두 시간 가량 정신을 잃은 듯이 자고 일어났다. 피로가 어느 정도 풀린 듯 했다.

정상등정이란 기쁨이 피로를 빨리 가시게 한 것 같다. 이젠 음웨카 캠프로 내려가 산중의 마지막 밤을 보낼 것이다. 포터들은 신이 나는 모양이다. 전 대원 등정이라 보너스를 기대하는 눈치인 것 같기도 했다. 그들의 임무도 이제 하루를 남겨놓고 있다.

서둘러 짐을 챙겨 해가 지기 전에 다음 캠프로 내려가야 했다. 고작 두 시간의 잠으로 고된 산정의 이틀을 보냈다. 목적을 달성한 하산길이라 몸은 지쳐있었지만 모두 표정은 밝았다.

킬리만자로의 하산길은 화산재가 흘러내린 길고도 피곤한 길이었다. 떡고물 같은 먼지를 전신에 뿌옇게 덮어쓴 채 우리는 부지런히 하산하였다. 밀레니엄 캠프에서 대원 중 한 사람이 맥주를 사왔다. 킬리만자로 상표가 붙은 맥주를 단숨에 들이켜고 나니 컬컬하던 목이 시원하게 트였다. 목만 트인 것이 아니라 빈속에 들어간 알코올은 정상등정의 기쁨도 함께 들이킨 듯 온몸이 야릇했다.

관목지대를 지나고 나니 밀림이 다가왔다. 건기의 밀림은 냉방 속으로 들어가는 느낌처럼 시원하고 상쾌하다. 곧이어 마지막 캠프 음웨카에 도착하니 미리 내려온 포터들이 텐트를 치고 차물을 따뜻하게 끓여 놓았다. 나는 남은 백도 통조림과 번데기 통조림, 그리고 팩소주로 대원들과 마지막 피로를 말끔히 풀어주었다. 밀림 속에 있는 음웨카 캠프는 모처럼 녹색의 편안함을 즐길 수 있게 해주었다.

영혼이 자유를 만나다

8월 3일

음웨카 캠프에서 킬리만자로 산자락의 마지막 밤을 편안하게 잘 쉬었다. 캠프생활도 오늘로써 끝이 난다. 오늘은 음웨카 게이트에서 하산신고를 하고 정상등정 증을 받고 메루픽이 있는 아루샤로 갈 것이다. '동물의 왕국'이라는 방송 프로그램에서 보아왔던 광활한 황야를 누비는 동물 사파리가 우리를 기다리고 있기에 마지막 하산길은 마냥 즐겁기만 했다.

단 한 사람이라도 등정을 하지 못하였다면 하산하는 마음이 그리 편하지는 않았을 것이다. 전원 등정을 하고 하산 하는 길이라 모두 콧노래를 부르며 즐거워했다.

음웨카 게이트에 내려오니 맑은 물이 산속에서 흘러내리고 강렬한 빛깔의 열대 꽃들이 우리를 반갑게 맞이해주었다. 어릴 적 고향에 흐르던 봇도랑 물 같은 맑은 물에 두 발을 담그고 얼굴을 씻으니 마음의 풍요로움은 이루 말할 수 없었다.

등정증을 받아들고 기념촬영을 하고 난 뒤 우리는 음웨카 게이트를 벗어나 바나나 농장과 커피 농장 사이로 난 길을 고소증도 말끔히 사라진 상쾌한 기분으로 걸어갔다. 내일의 동물 사파리와 호텔에서의 시원한 샤워를 생각하니 발걸음이 가벼웠다.

호텔에서 하산주를 마시며 등정증 수여

　나는 멀어져가는 킬리만자로를 바라보며 시간이 또 주어지면 다음 목적지는 별과 목동들이 있는 알프스의 몽블랑을 가보리라고 행복감에 젖어 다짐해 보았다.

　우리는 현지인들과 처음 만났던 YMCA에서 해단식을 가졌다. 우리 대원들이 남기고 갈 장비들과 그동안 수고한 인건비도 같이 지불하였다. 눈시울이 붉거진 셰르파 준의 뜨거운 포옹을 받으며 고된 산정에서 함께했던 작별의 정을 나누웠다. 진심으로 수고했다는 마음을 전하는 감동적인 작별의 시간이었다. 짐승처럼 살아가는 킬리만자로의 맑은 영혼들이여! 다음 세상에는 부디 풍요로운 땅에서 태어나라. 킬리만자로여, 안녕!

　　　　　　　　　　　　　　　영혼이 자유를 만나다

이번 킬리만자로의 등정으로 고산등반의 공부를 제대로 한 것 같다. 고산에서는 질 좋은 장비가 꼭 필요하다는 것을 절감했다. 하산 후의 일정도 감동적이었다. '동물의 왕국'에서 많이 보았던 동물 사파리를, 암보셀라 공원과 응고릉고로 국립공원에서 오픈카를 타고 마음껏 즐겼다. 특히 그림 같은 국립공원 두 곳의 산장생활이 여행의 낭만에 흠뻑 빠지게 했다.

물이 있는 곳이면 어디든지 동물들이 왕성하게 생활하고 있는 아프리카, 그 광활한 대륙에서 나는 마음껏 자유를 누리며, 스스로에 감사했다.

등반을 마치고 집에 돌아오니 허물을 벗은 듯 육신이 개운했다. 2004년, 작열하던 그 폭염의 여름도 서서히 식어가고 있었다. 그러나 나에게는 지울 수 없는 뜨거운 불덩이가 되어 내 영혼에 영원히 끓어오를 것이다.

영혼이 자유를 만나다

2006. 8. 1 - 8. 8

몽블랑 등반기

취리히—사모니—에귀디미디(설산훈련)—니대글—때때 산장—꾸뗴 산장—
몽블랑 정상—꾸뗴 산장—때때 산장—니대글—사모니—취리히

8월 1일

배낭을 메고 귀여운 손자의 뽀뽀와 가족들의 환송을 받으니, 그제야 원정등반을 떠나는 기분이 들었다.

이번 등반은 2004년 8월 킬리만자로의 등정을 하고 난 뒤 하산의 마지막 캠프인 음웨카에서 다음에는 알프스에 가리라고 마음먹고 있던 차에, 의기투합하는 산우들과 갑자기 실행에 옮기게 되어 설산에, 그것도 알프스에 간다는 설렘을 느낄 시간적 여유조차 없이 출발하게 되었다. 막상 떠나는 날 아침이 되어서야 비로소 원정의 실감이 날 정도로 참으로 바쁜 나날이었다.

비록 긴 시간은 아니지만 바쁜 일정을 잠시 접는 것도 쉽지 않았고, 폭염을 뒤로 하고 나만이 탈출하는 것 같은 생각에 아내와 가족들에게도 미안한 마음 또한 금할 수 없었다. 여행을 떠나는 즐거움보다 일상에 연결된 크고 작은 일들이 마음을 그리 편하게 하지 않는 것이 세속에 얽힌 범부의 삶이니 어찌하랴 싶기도 하다.

이번 등반의 가이드인 이상배 대장과 동행할 이문식 대원을 김해공항에서 합류하여 인천공항으로 날아갔다. 인천공항에서 합류한 대원과 오래전 친구처럼 반갑게 인사를 나누고, 오후 5시 30분 인천발 타이항공에 카라반의 첫 일정을 맡겼다.

영혼이 자유를 만나다

등산복을 입으면 누구나 친근하게 느껴지는 것은, 등산복이라는 순수한 화장이 사람의 마음을 편하게 하는 점도 있지만, 산정의 고된 일정을 함께한다는 보이지 않는 끈이 동지애를 가지게 하기 때문이라 여겨진다.

다섯 시간 가까이 비행 후 방콕의 돈무항 공항에 내리니 밤비가 내리고 있었다. 지난번 킬리만자로 여정 시 중간 기착지인 인도 뭄바이에 내릴 때도 밤비가 내렸다. 어쩌면 이 비가 행운을 상징하는 축복일지도 모른다는 생각이 들었다.

한 시간 삼십 분가량 게이트에 기다리다 취리히 행 비행기에 탑승하니 대부분이 서양 사람들이었다. 사람들의 모습에서 동에서 서로 가는 대륙횡단을 실감했다.

잠에서 깨어나니 기체의 엔진소리만이 들려올 뿐 모든 승객들은 단잠에 곤히 빠져있었다. 나는 모처럼 일상의 사슬이 풀린 자유인이 되어 심신이 날아갈 듯 가벼웠다.

킬리만자로 등반을 한 지도 벌써 2년여의 시간이 흘러갔다. 그 짧은 시간동안 쉬지 않고 변화를 추구하며 열심히 살아왔다. 결과에 대한 성취감과 더불어 갈등과 고뇌 또한 적지 않는 시간이었다. 인생이란 무엇인가! 번민의 바다에 삶을 싣고 항해하는 고독한 돛배가 아니던가. 그렇다하더라도 안주하기 싫어했던 내 지나온 삶은 조금은 지나쳤다 싶기도 하다. 삶이 권태로울 때 육신에 자학의 불이라도 지펴야 마음의 평온을 얻을 수 있었으니 이 무슨 해괴한 팔자란 말인가.

이번 몽블랑 원정도 미지의 산정에 도전하여 등정이란 성취감을 누리는 이면에는, 스스로 풍랑의 파고를 만들어 넘어보려는 잠재된 의식과 산정의 희다 못해 푸른빛인 깨끗한 만년설과 별을 노래했던 목동들의 이야기가 전설로 가득히 담겨 있을 알프스의 목가적인 서정으로 삶의 저린 가슴을 씻어보리라는 마음도 함께 한 것이다.

나라 안팎도 어수선하다. 기나긴 장마로 인한 물난리, 가라앉을 대로 가라앉은 나라경제, 이념의 덫에 걸린 정치……. 곰곰이 생각하면 어느 것 하나 마음 편한 것이 없다.

나의 눈과 귀를 편하지 않게 하던 그 모든 것은 인천공항을 떠나자 자유의 경계로 넘어온 듯 후련하게 날아가 버렸다. 일상에서 잠시 벗어나는 시간이지만, 나를 진정한 자유인이 되게 해주는 것은 여행인가 보다.

이번에 떠나올 때는 부모님께 인사를 드리지 않았다. 연로하신 부모님께 걱정을 끼쳐드릴 것 같아서 홀쩍 떠나왔다. 오늘밤은 무척 길 것이다. 시차가 일곱 시간이나 늦은 서쪽으로 날아가고 있기 때문이다. 다시 잠에서 깨어나니 솜털 같은 구름 위로 붉게 여명이 밝아왔다. 하늘 위 비행기 안에서 맞는 일출도 놓치기 아까운 아름다운 장면이다.

영혼이 자유를 만나다

8월 2일

방콕에서 열 시간 이십 분의 비행 끝에 스위스 취리히 공항에 안착할 수 있었다. 취리히 공항에는 서유럽의 여러 방면으로 갈 수 있는 기차가 운행되고 있었으며, 공항의 입국장과 각 지역으로 가는 철도가 에스컬레이터로 연결된 편리한 시설이 우리에게 좋은 느낌을 주었다. 나라의 첫 관문인 공항의 교통편의시설이 서유럽을 여행의 천국으로 만드는데 일조를 하고 있었다.

우리 인천공항은 세계의 어디에 내어놓아도 훌륭하고, 시설과 관리 면에서도 우수하다고 정평이 나있다. 그러나 인천공항에서 바로 기차를 타고 같은 나라의 땅인 부산으로도 갈 수 없으니 아쉬움이 남는다. 물론 경제적으로 시설투자가치가 떨어지는 측면도 있을 것이나 언젠가는 꼭 이루어져야 할 기간산업일 것이다.

프랑스 사모니 행 기차를 타고 시가지를 벗어나니 차창 밖으로 펼쳐지는 알프스의 산촌이 그림처럼 다가온다. 양 떼들이 한가롭게 풀을 뜯는 평화로운 정경과 이따금 보이는 삼각형의 경사 지붕에 예쁜 창들로 꾸며진 집들은 알프스 천사들이 살고 있는 집인가 싶을 정도로 아름다운 풍경이다.

사모니 행 기차 차창 밖으로 보이는 산촌의 집들

동화 속의 그림들을 현실로 보는 풍경에 흠뻑 취해있는 사이, 기차는 깨끗하고 아름답기로 이름난 레만 호의 도시 로잔으로 들어가고 있었다. 파란 원색물빛의 레만 호는 산과 하늘, 호수 모두가 한 색채였다. 맑은 물에 담겨진 산 그림자와 하늘. 하늘빛이 물빛이요, 물빛이 산빛인 레만 호의 풍경은 어떠한 미사여구를 달더라도 그 정경을 표현할 수 없을 것 같았다.

알프스의 아름다운 산자락에, 그것도 레만 호의 자연 속에 살아가는 로잔의 사람들은 전생에 어떤 업을 쌓았기에 이 아름다운 땅에서

영혼이 자유를 만나다

살아갈 수 있는 신의 선택을 받았을까 하는 생각까지 들었다. 나는 킬리만자로와 히말라야의 척박한 땅에서 하루 한두 끼로 삶을 이어가는 이들을 보아왔기에 이러한 생각들을 더욱 떨칠 수가 없었다.

레만 호를 뒤로 하고 기차는 알프스 산속을 파고들듯이 곧장 달려나갔다. 차창으로 들어오는 모든 풍경들은 서구의 풍요로움과 산정의 아름다움이 어우러져 내 마음을 풍요롭게 해주었다.

능선으로 오르는가 싶더니 샤모니 행 톱니바퀴 기차가 우리를 맞이해주었다. 톱니바퀴 기차로 갈아타자 기차는 뱀처럼 능선을 기어올랐다. 차창 밖으로 들어오는 협곡의 풍경은 보기만 해도 숨을 멈추게 했다. 기차는 협곡과 능선을 번갈아가며 기어가듯 오르내렸다. 우리는 문명의 이기를 타고 마음속에 그리던 동경의 세계로 시시각각 다가가며 비경에 취해 있었다.

산정 위로 펼쳐진 모든 풍경들은 정말 풍요로운 아름다움이었다. 협곡과 능선에 펼쳐진 침엽수림대와 푸른 초원의 목장들, 일렁이는 녹색물결 위로 날아 앉듯 피어있는 들꽃무리들, 가끔씩 나타나는 목가적인 알프스의 산촌들 보아도 보아도 싫증나지 않는 대자연의 아름다움이었다. 이렇게 아름다운 알프스의 정경을 깊숙이 볼 수 있는 것 또한 산을 좋아한 덕분이라 여겨져 내 스스로에게도 감사했다. 몇몇 나라의 고산을 다녀보았지만 알프스는 역시 풍요의 아름다움이 넘쳐흘렀다.

바가본드 산장에서 쳐다본 몽블랑 산군과 흘러내리는 빙하의 모습

드디어 기차는 우리의 베이스 산장이 있는 사모니에 도착하였다. 사모니는 대빙하가 흘러간 자리에 형성된 마을이라 그런지 여행의 짐을 들고 차창에 내리는 순간 산소통 속으로 들어가는 것처럼 상쾌하였다. 다가갈수록 감미로운 미지의 세계가 우리를 더욱 설레게 하여준다.

우리는 택시를 잡아 바가본드 산장으로 들어갔다. 미리 예약된 바가본드 산장에서 여장을 풀고 산장의 뜰에 내려서니 몽블랑의 하얀 산정이 우리를 압도하듯 자태를 뽐내고 있었다. 정상 쪽 산군 아래에서 만년설의 거대한 빙하가 금방이라도 흘러내릴 것같이 장엄하게 펼쳐져 있었다. 알프스 빙하의 진수를 한눈에 느끼게 해주는 바가본드 산장에서 바라본 몽블랑 풍경이었다. 목표하는 산정을 보며 꼭 등정하리라는 다짐을 했다.

서둘러 설산등반에 부족한 장비와 산장생활에 필요한 식료품을 구하러 시내로 갔다. 이곳 사모니는 알피니즘의 본산답게 세계우수 등산장비의 전시장 같았다. 게다가 성수기라 그런지 장비점마다 산악인들로 문전성시를 이루고 있었다. 정말 탐나는 등산복과 장비들이 우리의 눈길을 유혹하였다. 사모니는 등산편익시설들을 잘 갖춘 몽블랑의 베이스캠프로서 손색이 없었다.

우리는 이상배 대장의 조언을 받아가며 설산등반에 필요한 장비들을 구입하고, 돌아오는 길에 시장에 들러 식료품도 넉넉히 준비하

영혼이 자유를 만나다

였다. 오늘부터 산장생활이 시작되는 것이다. 현지 식재료와 과일로 저녁을 마련하고 와인까지 상에 올려놓으니 제법 근사한 정찬이었다. 자유인의 가슴 속에 퍼지는 원산지 와인 맛은 정말 일품이었다.

8월 3일

나는 시계를 시차가 일곱 시간이나 늦은 이곳 시간에 맞추지 않고 그대로 두었다. 찜통더위에 고생하는 가족들과 같은 시간대에 마음이라도 나누기 위해서였다. 평소와 같이 이른 새벽에 일어나 대원들의 단잠에 빠진 숨소리를 들어가며 이 글을 쓰고 있다.

창을 여니 비가 내린다. 기상에 대비하여 예비 일을 삼일이나 준비하였지만 그래도 걱정이다. 기상이 악화되면 등반은 쉽지 않을 것이다. 비가 내려 에귀디미디 능선에서의 설산보행훈련은 자연스럽게 미루어져서 거리로 나섰다.

알프스의 주봉 몽블랑을 어디서든 바라볼 수 있는 빙하의 협곡에 자리한 아름다운 산촌의 작은 도시 사모니, 비가 온다고 해도 산장에서 무료하게 낭비 할 수 없다는 생각에 거리의 풍물과 현지인들의 삶을 살펴보기로 했다. 거리에는 기상악화로 등반을 하지 못한 산악인들로 인해 오히려 활기를 띠고 있었다.

프랑스 사모니는 알프스에서도 이름난 산악휴양마을이자 알피니즘의 본산이다. 지금이 성수기라고 하는데 이상하리만치 자동차 정체가 전혀 없었다. 우리나라의 설악산은 단풍철이면 차나 사람이나 북새통을 이루어 가히 차산인해라 할 정도인데, 대중교통체계를 잘 계획하여 여유로움을 즐기는 이 나라 사람들의 지혜가 부러웠다.

어딜 가나 특색 있는 건축물의 형태를 관찰하는 것 또한 몸에 밴 나의 오랜 습성이다. 사모니의 건축물들은 자연의 공간을 거스르지 않는 배치와 각기 다른 독특한 개성을 지니고 있는 외관에다 조경 또한 주변 풍경에 잘 조화를 이루고 있어 그야말로 눈에 거슬리는 구조물은 찾아보려야 볼 수 없었다. 한마디로 도시 전체가 한 폭의 그림처럼 잘 가꾸어 놓았다.

창마다 걸려있는 소담스런 꽃들, 거리 레스토랑의 낭만과 여유로움, 그리고 그 자리에 있는 꽃과 사람들의 향기와 잔잔한 웃음소리, 동화책 속에 있을법한 시계탑에서 울리는 종소리, 오가는 사람들의 평화로운 발걸음, 여기가 바로 천국이 아닐까 싶은 생각이 들었다.

영혼이 자유를 만나다

프랑스 사모니의 풍경

빙하가 녹은 물이 사모니 시내를 가로지르며 흘러가고 있다.

이들은 생활에 필요한 모든 구조물들을 자연과 조화를 이루려고 많은 노력을 기울였다. 심지어 쓰레기통 하나까지도 쓰레기를 담는 그릇이 아니라 예술품같이 보이도록 정성을 기울였다. 마을길 또한 옛길을 그대로 보존하여 가꾸어놓아서 우리에게도 그리 낯설지 않는 옛 시골길 같은 친근감을 안겨 주었다.

우리나라의 대부분의 관광지가 획일적 개발로 옛것이 완전히 사라진 모습과 비교해보면, 능률만 앞세운 무지가 한없이 부끄럽고 잃어버린 조상들의 흔적에 미안할 따름이다. 옛것이 전해 내려오는, 전설이 익어가는 그런 거리를 그들은 정성 들어 가꾸며 보존하고 있었다.

그들은 옛것을 현재 문명의 편리에 맞추어 멸실시키는 것이 아니라 옛것에 현재의 문명을 맞추어 잘 활용하고 있었다. 우리의 금수강산도 이처럼 노력하고 정성을 기울었다면 전 국토가 전설을 솟아내는 관광자원으로 손색이 없었을 것이라 생각하니 그저 안타까울 뿐이다.

그러나 지난날의 가난한 우리의 현실이 산업제일주의를 피해 갈 수 없도록 하였을 것이며, 거기에 길들어진 나머지 조상의 발자취를 지워버린 크나큰 오류를 범한 것이다.

비가 내린 덕분으로 부수적인 여행의 편린들을 차곡차곡 챙겨 담을 수가 있어 그나마 흡족했다. 예전에 제주 중문 관광단지에서 있었던 단상들이 갑자기 떠올랐다.

'아름다운 곳에서 행복한 시간을 보내는 사람들의 행복을 도울 수 있는 일을 하며 살아가는 사람들은 생활 그 자체가 행복이 아닐까?'

그런데 여기가 바로 내가 생각했던 정녕 그런 곳이었나 싶기도 하다. 그러나 이제 나 자신의 삶을 내 마음대로 결정할 수가 없는 것이 아닌가. 살아가는 길을 내 마음대로 선택할 수 있는 시간에서 이미 너무 멀리 와 버린 것이다.

인연에 충실하여야 하는 것 또한 삶이기에, 뜻대로 산다는 것은 참으로 어려운 일이다. 살고 싶은 곳에서 하고 싶은 일을 하며 산다는 것은 어쩌면 선택받은 자만의 축복일 것이다.

사모니에 관하여 몇 마디 덧붙인다면, 건축, 조경, 민속보존, 관광산업을 공부하는 학생이나 그에 관련된 일을 하는 사람들, 특히 공무원들은 한번 다녀갔으면 좋은 도시 같다.

8월 4일

어제부터 내린 비가 계속 이어졌다. 그러나 일정 중 예비 일을 어제 하루 거리쇼핑으로 소비하였기에 오늘은 비가 내려도 에귀디미디의 등반훈련을 강행하기로 했다.

영혼이 자유를 만나다

설사면에서의 아이젠 사용법, 피켈 찍는 법, 안전벨트 착용법, 그리고 팀원들 간의 안자일렌(anseilen; 암벽이나 빙벽을 오를 때, 추락 등의 피해를 최소화하기 위하여 로프로 서로의 몸을 묶고 등반하는 요령) 등 설산에서의 안전수칙을 익혀야만 몽블랑 등반이 가능하다.

우리는 케이블카를 타고 그 악명 높은 알프스의 침봉 에귀디미디 정상으로 올라갔다. 해발 3800m에 올라서니 호흡이 힘들어졌고, 얼음동굴 밖으로 나와 보니 눈보라가 심하여 앞이 잘 보이지 않았다.

모든 설산장비를 착용하고 안자일렌을 한 체 한 발짝 한 발짝 나아가니 말 그대로 폭풍 속으로 몸을 던지는 기분이다. 기상이 나빠서 그런지 등반훈련을 하는 팀은 우리까지 세 팀 밖에 보이지 않는다.

훈련을 마치고 얼음동굴로 돌아오니 관광을 목적으로 온 모든 사람들이 격려의 눈빛을 보내주었다. 날씨가 악화되면 등반을 포기해야 한다는 것을 오늘의 훈련을 통해 실감할 수 있었다. 등반을 하지 못하는 일이 발생하면 어쩌나 싶은 생각에 폭설이 내리는 하늘이 원망스러웠고, 마음이 세찬 바람에 쓸린 듯 아프고 시렸다.

날씨가 정상이었다면 훌륭하다고 소문난 에귀디미디 정상의 조망도 감상할 수 있었으련만, 그것마저도 포기하고 어두운 마음으로 하강 케이블카에 탑승해야만 했다. 역시 하늘이 허락하지 않으면 등정은 절대 불가능했다.

케이블카가 내려오는 중에 눈보라가 멈춰서 그나마 위안이 되었다. 케이블카에서 내려다보는 사모니는 건축물 전시장 같았다. 알프스 산자락의 전시공간에 잘 배치된 산장들은 어쩌면 처음부터 그 자리에서 존재했던 것처럼 자연의 일부로 느껴졌다. 몽블랑의 아름다운 만년설과 알프스의 목가적 풍경만을 상상하며 여기에 온 나로서는 의외로 많은 것을 보고 느껴서 무척 감동을 받았다.

에귀디미디에서 등반훈련을 마치고 난 뒤(좌측 첫 번째 필자)

8월 5일

이른 새벽 눈을 뜨니 빗방울은 더욱 굵어져 세차게 몰아치고 있었다. 삼일이나 연이어 내리는 비에 어쩌면 정상등반을 포기해야할지도 모른다는 불길한 예감이 들었다.

이젠 예비일도 하루밖에 없다. 등반이 시작되더라도 날씨가 좋아진다는 법도 없기에 이번 등정은 십중팔구는 실패할 것이라는 생각이 들어 마음이 영 불편했다.

많은 경비와 황금 같은 시간을 내어 왔는데 다른 것을 아무리 많이 얻어간다 해도 산사람으로서 제일 중요한 등정을 하지 못한다면 목표를 상실한 여행이 될 것이다. 오늘은 악천후를 무릅쓰고라도 등반을 강행하기로 했다. 모두 어두운 표정으로 무거운 발길을 옮겼다.

우리는 버스와 케이블카, 톱니바퀴 열차를 번갈아 타고 등반 기점인 해발 2372m 니대글에 내렸다. 그곳은 눈보라와 강풍으로 한치 앞을 보기가 어려웠다.

우리의 루트는 때때 산장, 꾸떼 산장, 몽블랑 정상, 그리고 원점회귀였다. 중간 산장에서 하산하는 이들의 날씨정보에 의하면 눈이 많이 내려 첫 산장까지도 진행하기가 어려울 것이라고 했다.

예상은 하였지만 난감하기 짝이 없었다. 때때 산장까지만이라도 가려 했던 우리의 계획이 수포로 돌아갔다. 굳이 악천후를 무릅쓰고 올라가서 소득 없이 산장에서 고생을 하느니 베이스 산장에서 때를 기다리는 게 좋을 것 같다는 의견에 모두 동의하여 복귀하기로 하였다.

돌아오는 길에 벨리브의 기차역에 내리니 하산길 옆으로 목장이 있었다. 이름 모를 꽃들이 우리들의 시린 마음을 위로하듯이 무리지어 피어있었고, 꽃에서 뿜어져 나오는 향기도 향긋했다. 붕붕붕, 특이한 방울 소리를 내며 목장의 소들이 한가롭게 풀을 뜯는 모습도 알프스의 평화로움을 상징하는 것처럼 보였다. 산악자전거 트레킹을 즐기는 이들도 연달아 지나갔다. 눈을 들어 멀리 바라보니 그 아름다운 풍경에 알퐁스 도데의 『별』의 한 장면이 겹쳐 보였다. 지고지순한 그들의 사랑만큼이나 아름다운 알프스의 산자락, 이 아름다운 풍경에 씁쓸하던 기분은 바람에 실려 갔다.

알프스의 바람과 들꽃, 평화로운 목장과 순백으로 펼쳐지는 설원들. 알프스를 꿈이 아닌 현실에서 내 몸으로 만지고, 내 마음으로 느끼며 흠뻑 취해 버렸다. 마음이란 닫으면 한 가지만 보이는데, 열고보면 많은 것이 보이는 것을, 등정에 집착하여 아름다운 알프스의 풍경을 놓칠 뻔하였다.

어두운 마음을 시원히 날려버리고 베이스 산장으로 되돌아왔다. 산장에서 짐을 풀고 젖은 장비를 말리려고 뜰에 내려서는데 파란 하

영혼이 자유를 만나다

늘이 언뜻언뜻 보이기 시작하고 날카로운 침봉들이 구름 사이로 경이로운 위용을 드러냈다. 우리의 간절한 마음을 몽블랑은 외면하지 않은 모양이다.

열일곱 시간의 비행 끝에 우리는 여기에 왔다. 하늘이 허락한다면 꼭 등정을 하리라 다짐하고, 내일을 고대하며 저녁식사 후 일찍 잠자리에 들었다.

8월 6일

새벽에 일어나 창문을 열어보니 별이 총총하다. 우리에게 드디어 기회가 온 것이다. 오르고 못 오르고는 우리의 의지에 달렸다. 물러설 시간도 없다. 이미 예비일과 하산 후의 휴식일까지 써버렸기에 남은 시간은 없다. 오로지 강행뿐이다.

어제처럼 우쉬까지 버스로 이동하여 케이블카를 타고 벨리브에 오르니 워낭소리가 울려 퍼지고 있어서 우리의 발걸음을 더욱 신명나게 했다. 벨리브에서 산악기차에 타니 나흘간의 폭설로 발이 묶인 등산객들과 관광객들이 기차 안을 가득 메우고 있었다.

등반 기점인 니대글에 내리니 다행히 기상이 좋았다. 기다리고 기다리던 등반에 우리는 한없이 기분이 좋았다. 가파른 너덜 길을 차고 오르니 고소증으로 인하여 숨이 차오르고 온몸에 땀이 비오듯 흘러내렸다.

몽블랑은 포터를 고용하지 못하기에 필요한 장비와 식량은 전부 스스로 운반해야 했다. 90ℓ 배낭에 가득 채운 짐이니 그 무게가 만만치 않다. 그래도 기분은 좋았다. 흘러내리는 땀방울을 연신 닦으면서도 즐겁게 웃었다. 모두 내 마음같이 기쁜 모양이다. 얼마나 가슴 졸이며 기다렸던 등반인가.

고도가 높아지자 차가운 눈보라가 몰아쳤다. 20m 전방을 구분하기가 어렵다. 무거운 배낭이 세찬바람에서 중심을 잡아준다. 고도계를 보니 2800m를 가리키고 있다. 드디어 하얀 설원이 펼쳐졌다. 고산등반에 대한 실감이 서서히 다가온다.

능선을 따라 조심스럽게 한발 한발 내딛었다. 이따금 로프를 잡기도 하고 스틱을 힘주어 잡으며 뽀얀 능선을 향해 오르고 또 올랐다. 눈빛으로 인사를 건네는 젊은 외국 산악인들의 숨소리도 힘겹게 들린다.

산에는 이름을 포장한 그 모든 것이 아무 소용이 없다. 오로지 자신만이 스스로를 지킬 수 있는 것이다. 고산을 밟아보고서야 터득했다. 육신을 감싸고 있는 군더더기는 산에서는 아무 소용이 없다. 산은 속세의 껍질들을 하나하나 벗겨내 맑은 영혼만 남긴다. 그렇게 산은 진정한 자유인으로 돌아가게 해준다.

영혼이 자유를 만나다

때때 산장으로 오르는 중

중무장한 배낭이 그렇게 부담되지 않아서 다행이다. 몇 번의 고산 등반경험이 이번 등반에 도움이 되는 것 같아 자신감이 붙었다.

고산의 만년설 위에 내린 신설은 우리나라의 눈과는 다르다. 눈이라 하기보다 얼음부스러기라고 하는 게 맞을 것이다. 쌓인 눈이 고산의 아주 낮은 기온에서 결빙되었기 때문에 얼음바닥처럼 아주 미끄럽다. 나는 12발 아이젠을 꺼내서 신발에 채웠다. 고산에서는 아이젠 채우는 일도 쉽지가 않다. 허리를 굽혀 아이젠을 채우고 나면 숨이 차서 허리를 펴면 심호흡을 여러 번 해야 할 정도로 힘겹다.

고글에 입김이 달라붙어 잠시 벗어들고 닦으려고 했는데, 눈앞에 순식간에 전기스파크가 일어나듯 눈이 부셔서 얼른 하늘로 시선을 돌리고 고글을 착용하였다. 설맹이 일어나는 이유를 알 것 같다.

그렇게 신설과 시름하며 오르고 또 오르니 저 멀리 때때 산장이 보였다. 우리는 산장에 자리가 없으면 식당 바닥에서 새우잠이라도 잘 생각으로 텐트를 가지고 오지 않았다. 배낭의 무게와 부피를 조금이라도 줄이기 위해서였다. 미리 온 외국 원정대원들이 바람막이 설담을 쌓고 설치한 여러 동의 원색 텐트가 하얀 설원에 대비되어 정겨워 보였다.

산장에는 다행히 빈 침대가 남아있었다. 기상 악화로 예약이 일부 취소되었다고 한다. 우리는 첫 산장부터 행운이 따르는 것 같아 매우 기뻤다. 방을 배정받고 짐을 내려놓은 뒤 산장을 둘러보니 깎아

영혼이 자유를 만나다

지른 능선 위에 세워진 산장이 설원의 협곡들과 어우러져 장관을 이루었다. 산장 안으로 들어와 찻잔을 들고 식당의 넓은 창가에 앉으니 알프스 산맥의 장엄한 저녁풍경이 고요하게 내려앉는다. 산장 앞 빙하의 협곡은 초저녁의 어스름함이 묻어나 간담을 서늘하게 했다.

저녁을 먹고 나니 환한 달이 떠올랐다. 오늘이 음력 14일이라 달의 밝기가 보름달과 같았다. 달빛에 엎드린 알프스의 정경은 또 하나의 비경으로 다가왔다. 자유인이 되어 대자연의 속살에 묻히고 보니 그 감동은 형용할 수 없을 정도로 깊게 다가왔다.

비경의 밤 정취에 정신이 팔려 시간을 보내다가, 내일의 산행이 염려되어 잠자리에 들었다. 내일 등반할 곳은 경사가 60도에 가까운 암벽과 설사 면을 타고 오르는 어려운 구간이라고 한다. 폭설이 내리면 눈사태와 낙석이 떨어지는 위험한 구간이라 하니 더욱 긴장이 되었다. 날씨가 좋기를 바라며 침낭에 파고드니 따뜻한 온기가 전신을 감싸주었다.

8월 7일, 8일

새벽녘에 일찍 일어나는 습관은 산에서도 이어졌다. 곤히 잠든 대원들을 방해될까봐 살금살금 침낭을 기어나와서, 가장 전망 좋은 자리에 앉아 창밖을 보니 공중에 떠 있는 것 같은 느낌이다.

눈 시린 만년설 빙하의 협곡 위로 곡예 하듯 세워진 산장의 넓은 창가에 앉아 혼자만의 시간을 즐기며 등반기를 쓸 수 있다는 행복감은 일찍 일어나는 자만이 누리는 혜택이라 여겨져 가슴이 뿌듯했다. 새벽은 어디든지 이래서 좋다. 아무에게도 방해 받지 않는 나만의 자유로운 공간과 시간이다.

창밖의 풍경은 또 다른 환상이었다. 만년설에 묻힌 산 능선과 빙하의 대협곡이 잠에 취한 듯이 고요하다. 가만히 창을 열었다가 내가 착각에 빠진 것을 바로 알았다. 세찬바람이 창으로 몰아친다. 이곳은 생물이 존재하지 않는 만년설의 땅, 바람이 있는지 없는지 가늠할 수 있는 그 어떤 것도 존재하지 않는 곳이다.

달이 지고 난 뒤의 여명은 더욱 선명하게 달아오른다. 고산에서의 해뜨기 직전부터 시작되는 빛의 변화, 굴절로 전개되는 풍경, 그리고 달과 별이 함께하는 밤은 어디든지 환상적이다. 새벽의 고산풍경을 보지 않는다면 등반에서 얻는 또 하나의 감동을 잃을 것이다. 새벽에 만년설 위에 빛이 닿는 부분은 말로 표현하기 어려운 오묘한 빛의 색깔을 내뿜어 정말 신비롭다.

우리는 라면과 누룽지를 넣어 끓인 죽으로 아침을 서둘러 먹고 꾸떼 산장으로 향하는 눈길로 접어들었다. 설사면을 통과하고 암등을 기어오르는 고된 등반이어도 주변풍경을 놓치지 않으려고 고개를

영혼이 자유를 만나다

들어 열심히 보고 또 보았다. 두 번 다시 오지 못할 길이기에 마음속 깊이 담아 훗날 이 길을 가고자 하는 사람들에게 기억된 그림들을 아름답게 설명하리라는 기대와 상상을 해보았다. 그래서 날숨과 들숨이 조금만 여유가 있어도 보고 또 보았다.

고소증과 중무장한 배낭의 무게가 어깨를 짓누른다. 쳐다보면 빤히 보이는 꾸떼 산장이 아무리 걸어 올라도 거리가 좁혀들지 않는다. 하얀 설산은 원근감을 느끼지 못하니 눈으로 가늠하기란 쉽지가 않다.

이젠 체력도 거의 바닥이 났다. 로프에 매달리 듯 의지하면서 앞뒤 사람과 간격을 유지했다. 입안에서 단내가 났다. 그러나 고개를 들면 눈 시리도록 푸른 하늘과 맞닿은 장엄한 설산의 비경이 이 산을 왜 올라야 하는지 그 이유를 말해주는 것 같아 새로운 에너지를 얻는다.

해발 1000m를 거의 수직처럼 느끼며 오르는 능선이 계속되고 있어서 잠시 쉬어갈 자리도 마땅하지 않다. 길이 좁은 외길인데다가 안자일렌으로 서로 연결되어 있어서, 컨베이어를 타듯 뒤따라오는 사람들의 진로를 방해할 수 없기 때문이다.

꾸떼 산장으로 오르는 가파른 칼날능선

이젠 손에 잡힐 듯이 눈앞에 산장이 보인다. 제비집 같은 모양으로 절벽 위에 세워져 있는 꾸떼 산장은 우리를 기다려 주었다. 우리는 목표하는 정상에 서야만 맛볼 수 있는 성취감을 알고 있기에 이런 고된 시간도 감내할 수 있었다. 삶 또한 그럴 것이다. 목표가 확실한 삶이라면 어떠한 고난도 헤쳐 나갈 것이다. 가끔씩 어쩌면 삶의 길을 압축하여 놓은 것이 등산이라는 생각이 들 때가 참으로 많았다.

영혼이 자유를 만나다

우리는 드디어 꾸뗴 산장에 올라섰다. 그렇게 오른 꾸뗴 산장은 때때 산장과는 또 다른 비경을 가지고 우리를 맞이해 주었다. 장쾌하게 펼쳐진 알프스 산맥이 꾸뗴 산장의 전망이었다. 내려다보니 우리는 아찔할 만큼 칼날능선을 타고 올라왔다. 저 길로 올라온 일이 꿈같았고, 그 길을 다시 내려가야 한다는 생각이 들자 걱정도 만만치 않았다.

천길 절벽 위에 세워진 작은 산장은 초만원이었다. 성수기이기도 했지만 등반객들이 폭설로 발이 묶여 산장이 포화 상태다. 하지만 모두 정상등반을 하기위한 일차 관문을 통과한 사람들인지라 초만원인 상태에서도 질서를 지키면서 상대에게 배려를 아끼지 않아서 산장에는 활기가 넘쳤다.

세계의 젊은이들 틈에 끼인 나 자신을 돌아보니 좀 더 일찍 오지 못한 아쉬움에 안타까움을 느꼈다. 내 아이들은 세계의 젊은이들과 이런 아름다운 경험을 나눌 수 있는 기회를 반드시 만들어 주리라 다짐을 했다. 세계의 명산에서 세계의 젊은이들과 함께하며 호연지기를 기른다면 마음의 그릇은 그만큼 더 깊어지고 사고의 폭 또한 크게 넓어질 것이다.

우리는 침대를 배정받지는 못했지만 창고(정상등반에 필요하지 않는 장비를 보관하는 곳) 바닥에서 잠을 잘 수 있는 티켓을 받았다. 그것도 행운이라는 생각이 들었다. 조금만 더 늦어도 식당 바닥이나 비박을 할 신세가 될 뻔하였다.

이상배 대장은 이번 루트를 여러 번 등반한 경험이 있어서 진행을 차질 없이 해 주고 있었다. 그래서 앞으로 남은 위험한 일정도 믿음이 갔다. 창고 바닥이지만 감사한 마음으로 매트를 깔고 자리를 잡고 난 뒤 죽으로 식사를 간단히 했다.

식사 후 화장실로 나가보니 실내에 자리를 배정받지 못한 등산객들이 바람을 비껴 앉아 떨고 있어서 매우 안쓰러워 보였다. 저런 고통을 일찍 감내한 젊은이들은 앞으로 살아가면서 난관에 부딪쳐도 어렵지 않게 극복해 나갈 것이라는 생각 또한 지울 수 없다. 화장실에서 돌아와 잠을 청하여도 잠이 오지 않았다. 눈을 감고 엎치락뒤치락 하며 출발시간을 기다리는 것이 여간 고역이 아니었다.

어느덧 시간이 흘러 출발시간이 다가오니 산장이 술렁거린다. 필요 없는 장비는 창고에 두고 배낭을 간편하게 꾸렸다. 커피와 초콜릿을 간단히 먹고 나니 새벽 2시였다. 이 대장은 정상등반은 위험한 구간이 많아 장비 착용과 안자일렌 요령을 각별히 숙지하라는 당부를 했다.

모든 준비를 끝내고 산장을 나서니 피곤하던 몸에서도 힘이 솟는다. 보름밤이라 달빛이 너무나 밝았다. 안전벨트에 자일을 단단히 묶고 한 발짝 한 발짝 오르는 고요한 설원의 랜턴 불빛 행렬은 길게 이어져 나갔다. 어찌 보면 등반이란 육신을 태워 나아가는 구도의 길처럼 느껴졌다. 이 한밤중에 펼쳐지는 구도의 행렬에 나 자신이 참여하고 있다는 사실만으로도 새로운 에너지가 솟아났다.

　우리는 정상을 향하여 마지막 투혼을 던지고 있었다. 가파른 설사면에 스틱을 찍으면서, 고소증과 싸우고 자신과의 싸움을 하며 버티어 나가고 있는 것이다. 보름달빛이 설사면에 반사되어 고글을 착용하여도 보행에 지장이 없을 정도로 밝았다.

고독한 행진

오늘은 나를 아낌없이 사랑해 주셨던 할아버지 기일이다. 할아버지께서도 오늘 밤만은 나와 함께 해주시리라, 그리고 나의 안전을 끝까지 지켜주시리라 생각하니 든든해진다. 길게 늘어진 랜턴의 불빛도 어느 정도 마음의 위안을 안겨주었다.

　장비를 제대로 착용해선지 손만 시릴 뿐 그럭저럭 한기를 견딜만하였다. 그러나 고도를 점점 올리니 고소증에 인한 호흡곤란으로 서너 발짝 이상 걷기가 힘들었다. 하지만 해가 뜰 때까지만 버티고 나아가면 그래도 살만하다는 것을 나는 킬리만자로에서 경험하였다. 추위와 고소증은 해가 떠오르면 온도와 기압이 올라가서 밤보다는 훨씬 견딜만해지는 것이다.

　앞장선 이문식 대원이 고소증이 왔는지 머리를 심하게 흔들어댔다. 그래도 나는 견딜만하였다. 몸살기가 심하던 이 대장도 체력이 떨어지는지 안자일렌을 풀고 홀로 산행을 하겠단다.

　산에 오르지 않는 사람은 왜 이 고생을 자처하는지 물을 것이다. 뭐라고 표현하여야 할까? 고통을 즐기면서 그 고통만큼이나 벅찬 감동을 온몸으로 느낀다고, 삶이라는 온갖 망상에 갇혀서 심연에서 잠자던 내 영혼을 불러내어 평온한 자유를 누리게 한다고 감히 말하고 싶다.

　　　　　　　　　　　　　　　　　　영혼이 자유를 만나다

피켈에 의지하여 호흡을 돌린다.

악마의 입처럼 벌어진 설벽

여명이 서서히 밝아온다. 설사면도 한층 가팔라진다. 무인대피소 옆 눈밭에 스틱을 찍어놓고 피켈을 손에 잡았다. 이제부터 경사도가 심한 위험한 구간이라 피켈을 찍고 거기에 의지하여 체중을 이동시켜야 했다.

날이 밝아 사방이 확 트이니 눈 아래 사모니가 아스라이 보이고, 머리를 들어보니 끝도 없이 펼쳐지는 알프스의 장대한 산맥의 위용이 고단한 육신에 용기를 준다.

피켈을 힘주어 찍으며 한 걸음 또 한 걸음 그저 기계처럼 반복되어 나아가고 있었다. 이젠 마지막 능선이 파란 하늘과 맞닿아 선명하게 등고선을 그린다. 피켈을 단단히 잡고 안자일렌도 적당한 거리를 유지한 체 긴장의 끈을 바짝 조였다.

절벽을 아찔하게 통과하여 능선에 오르니 폭 70cm의 칼날능선이 어림잡아 100m는 되어 보이는 숨 막히는 구간이 몽블랑을 쉽게 내어주지 않겠다는 듯 우리를 기다린다. 이곳이 몽블랑 등반에 가장 많이 사고가 나는 구역으로, 바람이 불거나 폭설이 내리면 등반을 포기해야 한다고 했다.

바라만 보아도 공포가 느껴졌다. 능선 양쪽으로 절벽의 설사면이라 중심을 잃으면 몸은 피할 곳도 없이 까마득한 빙벽으로 추락할 것이다. 안자일렌으로 서로를 의지한 체, 피켈을 한 번 찍으면 한 발짝 옮기면서 조심조심 기도하는 마음으로 통과했다. 긴장이 풀리면

영혼이 자유를 만나다

서 전신에 땀이 흘러내렸다. 우리는 피켈에 의지한 채 쪼그리고 앉아 물을 한 모금 마시고 안도의 한숨을 내쉬었다. 그냥 앉아버리면 얼음보다 미끄러운 눈이라 바로 아래로 추락할 위험이 있기에, 피켈은 안전지지대로 고산등반에 꼭 필요한 장비 중 하나다. 또한 안전자일로 팀원들을 연결하여 만약의 실수에 대비하고 있었다.

정상을 향한 마지막 능선에서

몽블랑 정상에서

정상이 얼마 남지 않았다. 며칠 전까지 그렇게 폭설이 내리던 하늘은 우리의 등반을 축복이라도 하듯이 맑았다. 바람도 느끼지 못할 정도로 미풍이 불었다. 이런 것을 행운이라 할 것이다. 에귀디미디 침봉과 그 위성봉들도 눈 아래로 보였고, 장엄한 산맥들이 발 아래로 서서히 들어온다. 하얀 새털구름도 한참 아래로 보였다.

마지막 능선에 올라서자 정상이 30m 전방이었다. 바람이 갑자기 세차게 불었다. 정상 반대편이 수직에 가까운 절벽이라 바람이 몰아쳐 올라오는 모양이었다.

사방이 후련하게 트였다. 이제 더는 오를 곳이 없다. 정상이다. 세찬 바람과 파란 허공만이 있을 뿐이다. 내려다보니 온 세상이 하얗다. 장대한 알프스 그 모두가 내 발 아래다. 피켈을 힘껏 내리찍고 만세를 불렀다. 함께 한 여성대원은 먼저 떠나간 남편의 이름을 절규하듯 불렀다. 그리고 외쳤다. 내가 여기 왔노라고. 다 같이 가족의 이름들을 불렀다. 부르는 이름들이 알프스의 설봉 위로 아스라이 퍼져나갔다. 벅찬 감동이 뜨거운 눈물이 되어 두 뺨을 적셔 내렸다.

몽블랑에서 발 아래로 내려다 본 알프스 산군

등산후기

2006년 8월 8일은 나의 생에 또 하나의 작은 기록을 세워서 행복했던 날이다. 이번 등반을 준비하면서 별도로 시간을 내어 몸을 만들지는 못했다. 바쁜 일상으로 시간을 내지 못했지만, 평소 전원생활로 인한 적절한 노동이 등반에 많은 도움을 준 것 같다.

지난번 킬리만자로 등반은 체력과 고소증과의 싸움이었다면, 이번 몽블랑 등반은 설산장비를 모두 착용한 고산등반경험은 물론, 위험한 구간이 많아 설산등반의 진수를 제대로 경험하였다.

나는 이번 등반길에 몽블랑의 장엄한 만년설과 빙하에도 매료되었지만, 알프스의 목가적 풍경 속에 아름다운 삶을 살아가는 알프스 사람들이 너무나 부러웠다.

모든 이들에게 몽블랑 등반도 좋지만 알프스에서 아름다운 삶이 무엇인지 느껴보길 권하고 싶다. 나는 감히 그곳이 아름다운 삶이, 행복한 삶이 무엇인지 해답이 풀리는 곳이라고 말하고 싶다.

2006년 여름은 내 생에 가장 아름다운 만남과 이별로 마음 한편에 자리 잡아 오래오래 간직될 것이다.

영혼이 자유를 만나다

2009. 11. 6 - 11. 15

에베레스트 등반기

카트만두—루크라—팍딩—남체—탱보체—딩보체—투클라—로부체—
쿰부 대빙하—고락셉—칼라파타르—고락셉—로부체—투클라—피렌체—
팡보체—남체—팍딩—루크라—카트만두

11월 6일

　인천에서 일곱 시간의 비행 끝에 네팔의 수도 카트만두에 도착했다. 부모님을 영원한 이별 속에 묻고 생의 무상에 빠져 헤어나지 못했던 지난 시간들, 그리움에 회한이 더하여 낮밤이 구분되지 않았던 자책의 시간들, 회자정리, 생자필멸, 피할 수 없는 생의 고뇌를 신들의 나라 히말라야에서 내릴 수 있을지…….

　공항에 빠져 나오자 곧장 호텔로 이동하였다. 낙후된 거리 위로 달리는 중고자동차의 물결, 때지어 지나가는 이륜차들의 행렬, 귀청을 때리는 무질서한 경적소리, 곳곳에 나뒹구는 지저분한 쓰레기들, 그런 혼란스러운 거리풍경을 즐기기라도 하듯 인도에 자리 잡고 누운 소와 개들의 여유로운 모습들, 팔년 전 이 나라에 처음 입성했던 기억 속 모습이 한 치도 어긋남이 없이 그대로 재현되고 있었다. 그 많은 세월이 흘렀건만 어찌 이 나라만은 시간이 정지되어 있었을까. 숨도 편히 쉴 수 없는 매캐한 공기가 이 나라의 암울한 장래를 증명하는 듯했다.

　인구 2900만 명에 국민소득 400불, 다수의 국민이 빈민으로 살아가는 세계에서 네 번째로 가난한 나라라고 한다. 그러나 히말라야의

　　　　　　　　　　　　영혼이 자유를 만나다

경이로운 정신세계로 인해 행복지수가 높으니 과연 신의 나라라 할 것이다.

거리를 벗어나자 무장한 병사가 정문을 지키는 하이야트 호텔이 나왔다. 우리가 에베레스트에 들어갈 때와 나올 때 하루씩 쉬어갈 호텔이다. 나라는 가난하지만 호텔은 카트만두의 이국지대처럼 아열대 수림이 우거진 넓은 정원과 수영장을 겸비하고 있어, 오성 호텔답게 잘 가꾸어져 있었다. 하지만 가난한 나라에서 호사를 누리는 것 같아 왠지 마음이 편치가 않다.

호텔에 여장을 풀고 내일부터 시작되는 산행 일정에 맞추어 의류를 정리했다. 아열대 몬순기후라 서울에서의 옷차림으로는 조금 더운 것 같다. 석식 후 후원을 산책하고 일찍 잠자리에 들었다. (하이야트 호텔의 후문 쪽은 네팔에서 제일 큰 힌두교 사원과 함께, 다양한 네팔의 전통 수공예 제품을 구입할 수 있는 곳도 있어 수많은 외국 관광객이 끊이질 않는 곳이다.)

11월 7일

호텔에서 서둘러 에베레스트의 관문인 루크라로 가기 위해 비행장으로 들어서니, 경비행기와 헬기들이 이른 아침인데도 분주히 뜨고 내리고 있었다. 네팔의 공항은 자국의 항공수요가 그리 많지 않아서 히말라야로 들어가고 나오는 탐방객 내지 등산객들이 주 고객이다. 그래서 산악 지형의 협소한 공간을 활용한 경비행기와 헬기들만이 이착륙이 가능한 공항시설을 갖추었다. 거기다가 가난한 탓으로 시설이 많이 낙후되어 공항이라 하기에는 아쉬움이 많은 곳이다. 하기야 항공수요도 주로 등반객들이 팀별로 들어가고 나오는 형편이니 경비행기가 경제적인 측면에서는 적격이라 할 수도 있을 것이다.

루크라 공항

곡예 하듯 협곡을 따라 비행하는 경비행기를 처음 타는 사람들은 아주 불안해한다. 정신없이 흔들어 대니 영 내키지 않는다. 그러나 그것도 몇 번 타보면 재미가 쏠쏠하다. 고도가 낮아 지상의 그림을 잘 볼 수가 있는 것도 장점이고, 기체가 작아 기류의 영향을 많이 받기 때문에 스릴도 있다. 특히 히말라야를 비행할 때는 창을 통해 히말라야의 거대한 눈 지붕을 위에서 볼 수 있기 때문에 또 다른 감동을 맛볼 수 있다.

우리가 탄 비행기도 이륙하였다. 날씨가 화창하고 바람이 잔잔하여 기체가 흔들리지 않으니 일단은 안심이 된다. 비행기가 고도를 서서히 올리니 하얀 히말라야 산맥이 동서로 길게 끝도 없이 장쾌하게 이어진 비경이 비행기 창밖으로 펼쳐진다. 사람들의 입에서 절로 탄성이 나온다. 나는 눈 덮인 고산을 여러 번 보아왔기에 즉흥적 감탄은 일어나진 않았지만, 다시 히말라야를 만났다는 안도감에 기분이 좋았다.

하지만 무엇보다 이 비행기가 무사히 안착하기를 바라고 있었다. 우리가 가야 할 에베레스트 관문인 루크라 비행장은 우리나라 백두산보다 높은 해발 2800m의 고원에 위치해 있고, 활주로가 협곡의 절벽 위에 있기에 가끔씩 위험한 사고가 발생하는 곳이다. 그래서 이상기류가 발생하면 회항하는 경우도 가끔 있다하니 만약에 그런 일이 생기면 등반의 일정에 차질이 생길 수가 있다.

한 시간 남짓한 마음 졸인 비행 끝에 루크라에 착륙하였다. 비행기에서 내려 보니 정말 험난한 절벽 위에 활주로가 능선 쪽으로 오르막 경사를 이용하여 절묘한 형세를 하고 있었다. 항공모함의 활주로 같은 느낌이 들었다.

루크라의 마을도 절벽 위에 형성되어 있었고, 작은 비행장을 둘러싸고 사람들이 때를 지어 몰려나와 일감을 기다리고 있었다. 에베레스트와 쿰부 대빙하의 기나긴 관문이니, 항공으로 들어오는 짐을 나르는 일감을 얻기 위해 몰려있는 것이라고 한다. 그러나 대부분 여행사들이 미리 예약을 하여 놓았기에 일감을 얻기도 쉽지 않은 모양이다. 가끔씩 여행사를 이용하지 않고 나 홀로 등반하는 사람들이 그들을 기다리게 하는 것 같아 보였다. 고산을 오르면서 짐승처럼 짐을 나르는 일도 마음대로 할 수 없는 나라, 이 나라 젊은이들의 안타까운 현실이다.

비행기에서 내려보니 네팔은 대개가 해발 이삼천 미터에서 경작을 하고 있다. 그러하니 운송수단이나 통행수단이 차량을 이용한다는 것은 절대 불가능하며 가축들이 그 일을 대행해야 하지만, 가난한 산촌사람들의 대부분이 가축을 소유할 형편이 못되며, 하루를 한두 끼로 해결하고 고된 산악노동으로 일생을 보내야 하는 그들이라 하니 우리가 보기엔 그들의 삶이 형벌처럼 보이기도 하였다.

현실이 그러하니 신에 의지하지 않고 어떻게 살아가나 싶다. 장엄

영혼이 자유를 만나다

한 히말라야가 그들의 고된 삶을 위로하고 죽음 또한 그들이 살아서 의지한 히말라야 신의 세계로 돌아가는, 어쩌면 그들에게 현세는 죽음 이후로 가기위한 순례의 길인 것 같기도 하다.

우리는 경비행기에서 내린 짐을 야크 다섯 마리에 나누어 싣고 포터와 쿠커 그리고 셰르파를 앞세워 오늘의 일정인 팍딩으로 출발했다. 인천을 떠난 지 단 이틀 만에 히말라야 사람이 다 된 것처럼, 징징 울리는 야크의 워낭소리에 흥겨워하며 그렇게 염원했던 에베레스트 여정의 첫날을 부푼 마음으로 시작했다.

이젠 불편을 즐겨야 한다. 어려움도, 고통도 즐겨야 만이 산정의 긴 여정이 편안할 것이다. 이럴 때면 마음 한 구석에 기다렸다는 듯이 슬그머니 일어나는 오기 같은 열정이 발동을 한다. 지나온 내 삶의 다난했던 고비마다 가져온 마음가짐이기도 했다.

워낭소리도 흥겨운 산속으로 들어오니 예쁜 꽃들이 우리를 반겨준다. 그 이름도 정겨운 몽실이라 한다. 접시꽃처럼 크며 자태가 소박하여 시골처녀 같은 수줍은 모습으로 바람결에 하늘거린다.

히말라야 대협곡의 첫날이라 그런지 만년설이 녹아 흐르는 협곡의 물소리가 우렁차게 들린다. 이 소리도 며칠이 지나면 귀에 익어갈 것이다. 타도코시에서 비빔밥으로 점심을 먹고 산행을 계속 이어갔다.

완만한 협곡의 길을 따라가니 그저 흥겨움에 발걸음이 즐겁다. 하늘은 푸르도록 맑고 공기는 상쾌하였다. 목적지의 고도가 2800m라 하니 고소증 없이 산행을 즐길 수 있는 날도 오늘 뿐일 것이다. 맑은 공기를 마음껏 마셔두자. 내일부터 이 상큼한 공기도 마음대로 마시지 못할 것이다.

히말라야 초입에 취해 시간가는 줄도 모르고 가다보니 어느덧 하늘이 어스름해졌고, 그 무렵 나타난 출렁다리 너머로 오늘의 목적지 팍딩의 마을이 안온하게 우리를 기다리고 있었다.

물소리도 청량한 협곡 옆으로 자리한 팍딩의 로지는 아름다웠다. 저녁은 성찬이었다. 쿠커가 있는 솜씨를 다 발휘하여 한국보다 더 한국적인, 맛깔스런 반찬으로 진수성찬이라 불러도 부족함이 없는 식단을 선보였다. 입맛이 당길 때 잘 먹어 두어야 한다. 고도가 점점 높아지면 먹는 것 또한 마음대로 되지 않는 것이 고산의 등반이다. 고소증의 첫 증상이 식욕감퇴이기 때문이다.

식사를 하고 로지 뜰에 내려서니 수많은 별들이 보석을 뿌려놓은 듯 하늘을 수놓고 있었다. 잊힌 별자리였던 은하수도 화려한 자태를 드러내고 목성이 밝은 빛으로 얼굴을 크게 내밀고 있었다.

유년시절 여름날밤 모깃불 피워놓은 멍석 위에 누워 저녁하늘을 바라보면 수많은 별들이 주렁주렁 매달려 있던 그런 별밤이었다. 잊고 살아온 별밤을 바라보니 지난날의 추억이 별 하나 하나에서 일어나기 시작한다. 유년의 추억과 어머니의 따뜻한 그리움이 새록새록

영혼이 자유를 만나다

별빛처럼 돋아났다. 맑은 별빛은 그리움의 원천인가 보다.

아버지가 몹시도 편찮으시던 어느 한해는 삼태성을 바라보며 장
독대 소반 위에 정한수 한 그릇을 올려놓고 싸한 겨울밤을 기도로
보내시던 어머니 모습이 환하게 떠올라 마음을 울린다. 별처럼 맑은
것이 어머니이고 어머니처럼 그리움을 솟아내는 것이 별인가 보다.
그들은 그리움의 초상으로 가슴에 붙박이가 되어 영원히 자리할 것
만 같다.

첫 숙영지인 팍딩의 로지에 도착하여 점검 중인 가방들

11월 8일

오늘 구간은 남체바자르까지다. 남체바자르는 셰르파 족의 고향이며 그들의 삶에 필요한 물류를 교류하는 상업의 중심지 역할을 하는 산간도시로, 규모가 꽤 크다고 한다.

셰르파 족의 고향이라 하니 우선 빨리 가보고 싶다. 그리고 해발 3440m에 산간도시가 형성되어 있다고 하니 그 모습이 매우 궁금하기도 하다.

셰르파란 히말라야에서는 소중한 사람들이다. 그들이 없으면 8000m의 영광도 어찌 누릴 수 있을까 싶다. 체력이 뛰어나고 극기에 단련된 사람들이다.

오늘부터 고소증을 느낄 것이다. 내 경험상 해발 3000m가 늘 고소의 분기점처럼 느껴왔기 때문이다. 아침을 가볍게 먹고 일찍 출발을 서둘렀다.

소나무 같기도 하고 잣나무 같기도 한 침엽수림대의 원시림이 장엄한 협곡 위로 펼쳐져 있다. 지리산에서 많이 보아왔던 구상나무, 전나무 같은 나무도 가끔 눈에 띄어 그리 낯설지가 않았다.

티베트 불교의 경전이 빽빽이 새겨진 마을 앞 바위와 돌담을 지나서 제법 큰 마을인 몬조라는 곳으로 들어서니 히말라야국립공원관

영혼이 자유를 만나다

리사무소가 있었다. 입산신고를 하고 나오니 분위기는 완전히 달랐다. 거대한 풍경화 한 폭이 떡 버티고 서있는 것이다. 대자연의 향연에 초대받은 기분이다.

초록이 뿜어내는 상큼한 향기와 청량한 물소리에 몸과 마음이 싱그러워진다. 모든 표현이 무색할 뿐이다. 시시각각 달라지는 풍경에 마음을 빼앗기면서도 남체로 향한 발길은 바빠졌다.

협곡 옆으로 형성된 마을

남체로 가는 협곡을 가로지르는 출렁다리

협곡이 돌아가는 물의 길목에는 사람이 살고 있는 작은 마을이 어김없이 자리하고 있었고, 그 풍경도 평화로워 보였다. 사시사철 흘러내리는 풍부한 수량에다 날씨마저 이처럼 온화하면 사람이 살기에 아주 적격이다. 또한 마을 주변의 얼마 되지 않는 밭에서는 채소와 갖가지 먹을 것들이 풍성하게 잘 자라고 있어 소박한 삶을 살아가는 데는 부족함이 없어 보였다.

협곡을 가로지르는 출렁다리를 몇 번이나 지나 점심을 먹을 조르

영혼이 자유를 만나다

살레 로지에 도착하여 감자와 호박을 넣고 끓인 수제비에 참기름을 넣은 간장으로 양념을 하여 먹었다. 참으로 맛이 있었다. 히말라야 산자락에서 우리 음식을 가져와 먹으니 이 행복을 어디다 견주랴 싶다. 수제비 한 그릇이 이렇게 사람의 마음을 행복하게 하는 곳은 산이 아니고서야 찾기 힘들 것이다.

아직도 남체까지 갈 길은 해발 600m까지 올라야 하는 가파른 길을 네 시간가량 가야 한다고 한다. 100m가 넘는 출렁다리를 건너자 이내 가파른 길이 나온다. 모두 숨을 몰아쉰다. 야크들도 혀를 쭉 빼고 거품을 문다. 처음으로 고소증을 실감하는 시간이다. 고소증은 초기 적응을 잘 하여야 고생을 덜 한다. 초기 적응에 실패하면 두통과 식욕부진으로 체력이 저하되어 하산을 해야 하는 낭패를 볼 수도 있다. 그래서 고산등반은 체력은 기본이지만 고소에 잘 적응하는 것이 가장 중요한 것이다.

고소증을 예방하려면 보행할 때는 호흡의 리듬을 깨지 않기 위해 불필요한 행동을 자제해야 하며 따뜻한 물을 많이 마셔 혈액순환이 잘 되도록 하여야 한다. 이러한 고산 수칙을 지키면서 스스로의 체험으로 고소증을 극복하는 경험을 쌓아가는 길 밖에 별다른 처방이 없다.

가끔 자기 체력만 믿고 튀는 행동을 하다가 고소증에 머리를 숙이는 사람도 많다. 인생도 고산등반처럼 한 발짝 한 발짝 무리하지 않고 나아간다면 삶의 고소증도 일어나지 않을 것이라 여겨진다.

고산의 등반이 삶과 닮은 점이 너무나 많다. 등산의 덕목인 산에 대한 겸손과 도전은 상반된 말 같지만 도전을 하되 겸손하게 하라는 의미가 아닐까 싶다.

고도가 3000m를 넘어가면서 몸은 고되지만 생각은 더 깊어져만 간다. 이런저런 생각을 하며 시계를 보니 가파른 능선의 중간쯤에 온 것 같다. 이제 머리를 들면 설산이 보인다. 해발 6000m가 넘는 산들이라고 한다.

아직도 남체 마을은 보이지 않는다. 일행 중 몇 사람은 안색이 좋지 않다. 아마도 그네들은 처음으로 고소증을 실감하고 있을 것이다. 고산 초보자들에게 심리적으로 불안을 느끼는 시간이기도 하다.

눈을 들어 하늘을 보니 물감 같은 파란 하늘과 하얀 설산이 용기를 준다. 호흡도 정상이고 몸 상태도 좋다. 흰 구름이 흘러가는 저 맑은 하늘을 저 하얀 설산을 얼마나 그리워했던가. 숨을 몰아쉬면서도 즐겁기만 하다.

야크 무리와 뒤섞여 오르고 또 오르니, 해가 이미 산 능선에 걸렸다. 저 멀리 사원이 보인다. 이젠 목적지도 얼마 남지 않았다고 한다. 마지막 힘을 내어 한 발짝 한 발짝 오른 길이 어느덧 마을 어귀에 닿았다. 그 높은 곳에서 상설 시장이 열리고 있다. 주로 옷가지와 이부자리들을 파는 상점들이 길 양 옆으로 즐비하게 늘어서 있다.

영혼이 자유를 만나다

셰르파족의 수도 남체

마을의 지형은 사람이 살기에 절묘한 형세를 이루고 있었다. 마을 뒤편으로 이 산촌의 작은 도시를 지켜준다는 쿰비울라의 거대한 암봉이 우뚝 솟아올라있고, 앞으로는 콩대피크가 만년설을 머리에 이고 장엄하게 능선을 이루고 있었다. 거기에서 흘러내린 빙하로 인해 생긴 협곡이 에베레스트의 험준함을 처음으로 느끼게 할 만큼 위압적으로 보였다.

남체 마을은 남향으로 형성된 지형에 따라 U 자 형태로 들어서 있었고, 얼핏 보기에도 평온해보였다. 등반객들에게는 빠뜨린 장비나 의류를 구입할 수 있는 곳이며, 인터넷과 통신도 가능하다 하였다.

해발 3440m의 이 높은 오지에 이렇게 훌륭한 마을과 상점이 있다니 실로 놀라울 일이다. 셰르파족들뿐만 아니라 대 쿰부 빙하에 산재해 있는 산촌사람들이 살아가는데 필요한 생필품을 구입하는 삶의 베이스캠프 역할을 하는 곳으로 보였다.

마을 곳곳에는 로지도 많았으며 신축중인 로지도 많이 보였다. 예약해놓은 로지에 짐을 풀고 자리에 앉으니 머리가 아프다는 사람들이 많다. 어젯밤 히말라야 첫 밤의 여흥을 이기지 못해 술을 마신 사람들 중 대부분이 그러해 보였다. 그래도 저녁식사로 삼겹살 파티가 벌어지자 금세 활기를 찾았다.

석식 후 각자의 등산경험을 늘어놓으며 즐거운 담소의 시간을 가졌다. 그중 가장 연장자인 한 분은 이번이 여덟 번째로 히말라야에

영혼이 자유를 만나다

입성한 히말라야 예찬론자였고, 여성 한 분은 얼마 전에 스페인의 산티에고 800km의 순례의 길을 다녀왔다고 했다. 이러한 시간을 갖는 것도 고소증 예방에 도움이 되는 행동요령이기도 하다.

11월 9일

아침에 일어나니 어젯밤에 잠을 설쳤다는 사람들도 있었고 머리가 아파 약을 복용하는 이들도 있었다. 우리는 오늘 고소적응훈련을 하고 남체에서 하루 더 쉬어가기로 했다. 조식을 가볍게 하고 오늘의 일정인 상보체, 그리고 에베레스트 뷰 호텔의 코스로 출발하였다.

3440m에서 3850m까지 410m를 올랐다가 내려오는 날이다. 시작부터 가파른 언덕길이다. 일진과 이진으로 나뉘어 훈련에 들어갔다. 가파른 언덕길을 한 시간가량 오르니 상보체 마을이 보인다. 잔디 활주로에 경비행기 한 대가 내려있었다. 산악영화에 나올법한 아찔한 풍경이었다. 세계 최고의 고산 비행장일 것이라 한다. 하늘에는 헬기투어와 고소증 환자를 실어 나르는 크고 작은 헬기들이 심심찮게 보인다.

시야가 트이니 사방에서 설산들이 솟구쳐 오른다. 숨을 몰아쉬며 상보체 능선에 올라서니 에베레스트 뷰 호텔이 능선에 자리하고 있었다. 그 높은 능선에 풍수가 오묘한지 이 나라 국화인 랄리구라스와 희귀한 고산식물들이 무리지어 자라고 있었다. 기네스북에 오른 세계에서 가장 높은 곳의 호텔이라 한다. 물론 이 나라 자본이 아닌 일본 자본이 들어와 지어졌고 주인도 일본인이라 한다.

네팔에는 일본 자본이 많이 들어와 있다고 한다. 그 다음은 독일이 협곡과 협곡을 잇는 출렁다리 등 기간산업에 무상원조를 많이 한 나라라고 한다. 물론 그네들은 네팔에서 대접받는 민족들이다.

최근에는 히말라야 14좌 완등을 많이 배출한 우리나라도 잘 알려져 있다. 현대자동차들이 이 나라 수도인 카트만두에서 드물지 않게 보일 정도로 유명세가 있고, 한국에서 돈을 벌어 로지를 구입하거나 새로 짓는 이들도 늘어나는 추세여서 우리나라도 꽤나 알아주는 편이다.

히말라야 뷰 호텔은 방값이 만만치 않아서 그런지 투숙객이 보이지 않았다. 우리는 호텔의 내부를 둘러보고 전망 좋은 야외탁자에 앉아 따뜻한 차를 마시며 아스라이 솟아오른 졸라체와 에베레스트, 그리고 로체와 아마다블람을 조망하였다.

날씨까지 화창하고 포근하여 경치를 감상하기 매우 좋았다. 아스라이 쳐다보이는 저 높은 곳을 저 신비한 곳을 한 발짝 한 발짝 내일

영혼이 자유를 만나다

부터 아니 지금 이 시간부터 다가가고 있는 것이라 생각하니 온몸이 짜릿한 전율을 느끼는 감미로운 시간이었다.

T.N.C 여행사의 최 사장으로부터 지리적 설명을 듣고 하산길로 접어들었다. 내일 여정의 첫 번째 마을인 캉주마가 길 아래 아득히 보인다. 협곡의 가파른 경사에 가로로 선을 그은 것처럼 일정한 줄들이 보인다. 야크들이 풀을 뜯으며 다닌 길이라고 한다. 고산에서 자라는 야크들의 생명력이 얼마나 치열한지 증명해 보이는 현장이었다. 한 발짝만 헛디디면 말 그대로 황천길이다. 그것이 사람이라 할지라도 구조가 불가능한 대협곡이다. 그런 곳에서 풀을 뜯는 야크들이다.

내려오는 언덕길은 참으로 평화로웠다. 동으로는 6000m 이상인 쿠줌캉그루의 주봉과 그 연봉들이 만년설을 이고 장대하게 펼쳐지며 남으로는 콩대피크가 그 웅장한 연봉들을 아낌없이 보여준다. 알프스를 연상케 하는 초원의 상보체 언덕이었다.

걸음을 빨리한 일진에서 벗어나 그림 같은 언덕에 잠시 누웠다. 이진 팀들은 시간상 조망권이 좋은 에베레스트 뷰 호텔도 보지 못할 정도로 늦어진다고 하여 그 시간차를 이용하여 환상의 언덕에서 나만의 시간을 가져보고 싶었기 때문이다.

에베레스트 뷰 호텔에서 바라본 히말라야 전경. 좌로부터 졸라체, 에베레스트, 로체, 아마다블람

저녁 무렵 남체로 모여드는 야크 무리와 등반객들

    푸른 물감이 눈 속으로 뚝 떨어질 것 같은 하늘을 바라보다 눈을 감으니 산정을 누볐던 지난날들이 나를 여기까지 데려왔으며 열정의 그날들이 파노라마가 되어 망막을 스쳐지나간다.

    이진의 목소리가 꿈결 같은 시간을 끝내게 하고 몸을 억지로 일으켜 세운다. 그들이 멀리서 보니 너무나 낭만적이었다고 하며 그 여

영혼이 자유를 만나다

유로운 모습이 보기 좋아 자기들이 느낀 것 같다며 손뼉을 치며 즐거운 웃음을 보내준다.

남체로 돌아오니 날은 이미 어두워지고 짐을 싣고 모여드는 야크의 무리가 분주하여 산촌의 저녁을 활기차게 하였다. 석식 후 남체의 상점을 쇼핑하며 이국의 사람들과 물건 값을 흥정하는 재미도 좋았다. 가격이 다른 곳에 비해 반값에도 미치지 못하여 손자들의 윈드스탑퍼 파카를 두 개나 구입하였다. 세계 각국에서 들어온 등반객들이 싼 물건 값에 홀려 부지런히 장비와 의류를 구입하기 위해 흥정을 하고 있었다.

3440m의 고산에서 어떻게 물건 값이 이리도 저렴할 수가 있나 하여 의아해 하는 눈치들이다. 상표는 대부분 짝퉁이지만 기능과 소재는 진품과 별반 차이가 나지 않았다. 세계의 유수 브랜드들이 산촌의 도시에 내리는 은전인지도 모를 일이다.

내일은 텡보체로 오르는 날이다. 텡보체는 에베레스트의 산정에서 가장 큰 사원이 있다고 한다. 기대가 된다. 오늘 저 멀리 능선에 걸린 내일의 목적지를 보았다. 4일째 네팔 히말라야 밤이 산촌의 등불에 저물어 간다.

11월 10일

하루의 고소적응훈련으로 모두 발걸음이 가벼워진 것 같다. 각자가 체력 하나만은 자부하는 사람들이 모였기 때문에 피로에 대한 회복력은 매우 빠르다.

남체의 뒷 능선에 올라서니 어제 상보체 언덕에서 내려 보았던 능선을 가로 지르는 길이 펼쳐진다. 메마른 기후로 먼지가 뽀얗게 일어난다. 야크들의 무리에 뒤섞여 걸어가니 먼지를 피할 도리가 없다.

성수기라 그러한지 수많은 등반객만큼이나 짐을 실어 나르는 야크들도 분주하였다. 하기야 연중에 세계 각지에서 찾아드는 탐방객 내지 등반객이 수만 명에 이른다고 하니, 떡고물처럼 일어나는 먼지의 원인을 짐작하고 남을 일이다. 산을 좋아하는 사람이라면 이 길을 탐방해 보는 것이 모두의 염원일 것이다.

캉주마를 앞에 두고 에베레스트 등정 50주년 기념탑이 있는 곳에 이르렀다. 어제 보았던 아마다블람 로체남벽 에베레스트가 선명하게 보이는 조망이 뛰어난 자리였다. 조망도 좋은 곳에 아름다운 탑을 세워놓았으니 뒤 배경과의 조화가 한 폭의 그림이었다.

히말라야의 탑이나 사원 등 신성한 곳이면 어디든지 걸려 있는 원색의 룽다 깃발은 유심히 들여다보면 그냥 원색의 천이 아니라 글씨

영혼이 자유를 만나다

가 빼곡히 적혀 있는데, 이는 티베트 불교인 라마교의 경전이었다. 게다가 마을이나 사원 입구의 크고 작은 바위에도 예외 없이 경전을 새겨놓은 것을 볼 수가 있었다. 그것도 어려운 양각으로 새겨놓은 것이었다. 히말라야 사람들! 그들은 척박한 땅에 살기에, 짐승도 살아가기 어려운 땅에 살기에 신에 더욱 의지하며 연명하는 것 같았다.

마을 입구에 양각으로 새겨진 라마교의 경전

캉주마에 이르러 감자튀김과 밀크티로 간식을 하고 다시 발길을 재촉했다. 협곡으로 완만하게 내려가니 실 폭포가 그림처럼 드리워진 풍기텐가라는 마을에 이르렀다. 언덕 위의 햇빛이 잘 드는 로지에 배낭을 내리고 점심식사를 준비하는 동안, 입산 후 처음으로 발을 씻고 나니 온몸을 씻은 듯 마음이 개운했다. 마을은 평온해보였으나 가파른 협곡이라 곡식이나 채소를 재배할 땅은 찾아볼 수 없었으며, 로지를 운영하는 사람들 이외는 극빈해보였다.

점심을 먹은 풍기텐가 마을의 가난한 집들

점심식사 후 협곡의 다리를 건너자 아주 작은 단칸 오두막집에서 아낙이 야크 똥을 빈대떡처럼 만들어 햇볕에 말리고 있었고, 코흘리개 두 아이가 초점 없는 동공으로 우리에게 무엇을 바라고 있었다. 초콜릿과 사탕을 내밀자 금방 아이들 얼굴에서 웃음꽃이 피어난다.

오후 일정은 아마도 힘든 여정이 될 것이다. 능선에서 협곡의 바닥까지 내려 왔으니 다시 오를 일이 꿈만 같다. 처다만 보아도 까마득한 능선이다. S 자의 오르막길을 뽀얀 먼지와 고소증으로 숨쉬기도 쉽지 않는 길을 오르고 또 올라도 제자리걸음 하는 기분이다. 야크와 사람들이 뒤섞여 먼지가 가라앉을 시간도 주지 않는 그런 혼잡한 길이었다.

굽이굽이 수십 구비를 올라가니 몸도 많이 지쳐간다. 먼지를 하얗게 덮어쓰고 악전고투 하는 모습이 무슨 산악특수훈련을 하는 게릴라 부대 같다. 그래도 눈을 들어 하늘을 보면 장엄한 설산의 비경이 위로가 된다. 앞으로 이러한 구간에 비교되지 않을 힘든 구간이 계속 이어질 것이라 생각하며 마음을 다잡아 본다.

고통의 시간들도 어느덧 지나가고 오늘의 목적지 텡보체 사원의 초입에 들어섰다. 사원 입구에는 우리나라 사찰의 일주문 같은 통과의례를 하는 건축물이 서있다. 텡보체는 에베레스트 전 구간에 걸쳐 제일 큰 라마사원이 있는 곳이다. 능선에 올라서니 정말 대단한 사원이 있었다. 고도는 3860m이다.

에베레스트의 전 구간에서 가장 큰 탱보체 사원. 설인의 발자국이라 전래되는 대단히 큰 사람 발자국이 공룡 발자국처럼 바위에 선명하게 남아있는 유서 깊은 사원이다.

우리가 경건한 마음으로 참배를 하고 나오니 기온이 급하게 떨어지기 시작했다. 능선을 오르면서 흘렸던 땀으로 젖은 옷이 체온을 더 빨리 끌어내렸다.

갑자기 발걸음이 빨라진다. 날씨가 춥지 않았으면 차근차근 사원을 돌아볼 생각이었지만 어쩔 수 없었다. 서둘러 사원을 빠져나와 대보체로 향했다. 20분정도 언덕길을 내려와 대보체의 제법 큰 로지에 다다랐다.

영혼이 자유를 만나다

로지는 정갈하고 규모도 꽤나 컸다. 탱보체보다 고도가 100m 정도 낮은 곳에 위치한 로지였다. 고도를 조금이라도 내려 밤을 편안하게 보내기 위해서였다. 고산의 밤은 낮보다 기압이 더 내려가 고소증이 심해지기 때문에 여차하면 불면의 밤이 되기 십상이다.

내일은 히말라야 사람들이 마을 자체를 신성시 여긴다는 팡보체를 지나 딩보체로 가는 날이다. 멀리서 보아도 아름다운 아마다블람의 산정을 아주 가까이서 볼 수 있을 것이다. 아마다블람은 히말라야에서는 마차푸차레와 함께 세계 10대 미봉 중의 하나로 그 아름다움이 아주 빼어나다고 한다. 고소증세로 몸은 괴롭지만 점점 가까이 다가가는 비경의 세계에 대한 동경으로 마음은 그저 설렐 뿐이다.

11월 11일

데보체 마을은 고원인데도 불구하고 상록수로 덮여 있었다. 랄리구라스, 붉은 자작나무 등이 무리지어 자생하고 있었으며 마을을 둘러싼 산세가 비옥해 보였다.

인간이란 참으로 질긴 생명체들인 것 같다. 따뜻한 햇볕이 들어오고 물이 존재하고 토양에 식물이 뿌리를 내릴 수 있다면 아무리 험한 오지라 할지라도 사람들이 살아가고 있는 것이다. 자연에 대한 경외감이야 말할 수 없지만 인간에 대한 경외감도 함께하는 곳이 히말라야다. 이제 히말라야에서 몇 밤을 보내고 나니 내가 히말라야 사람이 된 것 같은 기분이다.

오늘의 목적지는 4400m 이상이다. 체력을 안배하여 일진, 이진으로 두 팀을 만들었다. 가벼운 스트레칭으로 몸을 풀고 야크를 앞세워 출발하였다. 아득하기만 하던 고봉설산들이 점점 가까이 다가선다. 랄리구라스 숲을 지나니 이내 협곡이 나온다.

이젠 완만한 경사를 올라도 숨이 차오른다. 앞뒤 사람들의 숨소리가 귀에 크게 들릴 만큼 모두 발걸음이 무거웠다. 나를 포함한 일진들은 그런대로 적응을 잘 하는 것 같다.

출렁다리를 건너니 산허리에 비스듬히 팡보체 마을이 보인다. 마을 입구에 세워진 사원 문을 지나 마을로 들어서니 마을 전체를 신성시 한다는 소문대로 곳곳에 크고 작은 사원들이 자리하고 있었다. 이 마을에는 엄홍길 휴먼제단에서 등반 중 희생한 셰르파 가족들에게 보은하는 뜻으로 초등학교를 지어주는 행사를 하고 있는 곳이다. 건축자재를 야크나 인력으로 해발 4000m인 이곳까지 운반하는 일부터가 쉽지 않을 것이라는 생각부터 든다. 국격을 올리는 엄홍길 대장의 뜻이 우리들 마음을 훈훈하게 해준다. 그 학교가 완성되고 나면 이 길을 걸어가는 우리나라의 많은 젊은이들이 한결 자부심을 느끼는 여정이 되지 않을까 싶다.

영혼이 자유를 만나다

팡보체 마을에서 밀크티를 한잔하고 곧장 출발하였다. 출발하기 직전 이진이 도착하였는데 표정이 다들 좋지 않았다. 상대에게 짐이 되지 않기 위하여 말로는 표현을 하지 않았지만 모두 지쳐 보였다. 그래도 가야만 하기에 뒤따라 나선다. 이젠 체력보다도 정신력으로 가야 할 것이다.

마을 안길을 벗어나오자 해발 4000m라는 표식이 나온다. 여기서부터는 야크들도 다른 모습들이다. 야크들은 두 종류로 보이는데 4000m 이하에서 부리는 야크는 소와 혼혈종으로, 몸집이 크고 키도 크며 짐도 많이 싣고 다닌다. 그러나 소처럼 털이 짧아 4000m 이상의 고산지대에서는 추위를 견디지 못하며 큰 키로 인해 무게 중심이 위에 있어 험악한 고산길에는 짐을 싣고 나르기가 위험하여 순종야크만이 그 구실을 제대로 할 수 있다고 한다.

해발 4000m 이상의 고산용 야크 털이 길고 몸통이 다부지다.

순종 야크는 키는 작으나 몸집은 크고 옹골차며 다부지게 생겨 보기에도 산을 오르내리는데 안성맞춤인 것 같다. 그리고 털은 길게는 1m 정도까지 자라 추위에도 강하며 그 털로 만든 매트나 옷감은 방한용으로 긴요하게 쓰인다고 한다. 그리고 고도가 높아 나무들이 자랄 수 없는 지역에서는 야크 똥을 빈대떡처럼 만들어 말려서 훌륭한 땔감으로 사용하고, 고기는 식용으로 그 젖은 치즈나 밀크티로 영양의 주공급원이 된다 하니 한 마디로 야크란 동물이 없다면 이 척박한 히말라야에서 사람들이 살아가기가 더없이 어려울 것이라는 생각이 든다.

야크 똥을 말려서 땔감으로 사용하기 위해 쌓아놓은 모습

마을을 벗어나자 툰드라가 깔린 넓은 개활지가 펼쳐졌다. 개활지 양편은 고봉설산들이 도열하듯 전개되고 있었다. 연전에 등반하였던 안나푸르나가 여성스러운 산정이었다면, 에베레스트는 남성적이라는 표현이 어울릴 것 같다. 고봉준령들의 웅장한 기세가 하늘을 찌를듯하고 쿰부 빙하가 쓸고 간 협곡의 장대함은 뭐라 형용할 수 없을 정도로 압도적이다.

툰드라가 융단처럼 깔린 개활지 행보에는 낭만이 흐른다. 고도가 높은 곳이지만 목장처럼 평원이 넓게 전개되는 땅을 밟으며 야크와 산사람들이 한 무리가 되어 걸어가는 풍경은 평화로운 낭만에 젖어든다.

하늘과 맞닿은 설봉들이 도열하듯 솟아있고 파란 하늘에는 변화무쌍한 히말라야 기상처럼 절묘한 형상을 피워내는 구름들의 풍경이 고된 행보에도 마음은 한없이 즐겁기만 하였다.

가쁜 숨을 몰아쉬면서도 누군가로부터 콧노래가 시작되어 모두 흥얼거린다. 괴로움도 고난도 다 날려버리고 희열만이 햇살에 더욱 따사롭다. 걸어간다는 것, 고원을 걸어간다는 것은 삶의 번뇌를 다 떨쳐낸 바람 같은 자유를 만나는 것인가 보다.

개활지의 평원을 거의 끝날 무렵 위령탑 한 기가 쓸쓸하게 서 있었다. 2005년 3월 29일 푸모리 등반 후 추락사한 정상균, 김도영, 우리나라 두 젊은이의 추모탑이었다. 청춘을 설산에 묻고 돌아가지 못한 두 영혼이 여기에 영원히 남아있다는 생각을 하니 가슴이 저미어온다. 모두 숙연한 마음으로 다시 발길을 재촉했다.

완만히 오르는 평원이라 할지라도 가벼이 보아 걸음이 빨라지면 바로 호흡이 곤란하고 고소증을 느낀다. 걸음과 호흡은 리듬을 깨지 말아야 한다. 풍경이 너무 좋아 인물을 넣는 사진을 촬영하고 싶어도 카메라를 남에게 부탁하기가 쉽지 않다. 왜냐하면 사진을 찍을 때 호흡이 한 박자 내지 두 박자 멈춰지기 때문에 사진을 찍고 나면 호흡이 가빠 힘들어 하기 때문이다.

더 맑은 영혼을 만나기 위하여 고산을 오른다고도 한다. 육신에 쌓인 번뇌가 고통과 함께 하나하나 떨어져 나가고 있음을 느끼게 하는 시간이 시작된 것 같다. 아직도 오를 길이 며칠이나 남아있다. 도전은 시작되었고 고통을 견디어야 하는 인내만이 나를 시험하려 할 것이다. 가보자 말조차 하기 힘든 시간이 차츰차츰 다가오리라. 그러나 그 성취감 또한 감내한 고통만큼이나 크리라.

한 무리의 야크들을 보내고 나니 수량이 풍부한 계곡이 나온다. 계곡을 건너자 가파른 능선길이다. 이 능선을 지나야 오늘의 목적지 딩보체라 한다. 능선을 돌아 오르며 잠시 호흡을 조절하는데 멀리 이진들의 모습이 서서히 다가온다. 손을 크게 흔들어주니 답례를 하는 손짓이 어렴풋이 보인다. 반갑다 모두 힘들게 오르지만 동행이라는 연대감이 쌓인 피로를 초콜릿처럼 잠시나마 씻어 내린다.

영혼이 자유를 만나다

능선에 올라서니 길게 드리운 딩보체 마을이 눈 아래 들어온다. 목적지가 보이니 발걸음도 생기가 돈다. 아마다블람 미봉이 눈앞에 다가서고 정면으로 로체남벽과 아일랜드피크(임자체)와 마칼루가 아득히 보인다. 이 길은 마칼루 쪽으로 가면 티베트로 가는 길이기도 하다.

에베레스트의 셰르파족과 그 지류에 살고 있는 종족들의 문화가 티베트의 영향을 많이 받아서 그러한지, 티베트 불교인 라마교의 사원이나 탑들이 전망 좋은 곳에는 어김없이 세워져 있었다. 그들 중에는 티베트 사람들이 중국의 침략에 항거하다 월경을 하여 히말라야에 정착한 사람들도 많다고 한다. 그러한 집들은 중국에 흡수되기 이전의 티베트의 수도인 라싸의 사진이나 그림을 소중한 곳에 걸어두고 독립 될 그날을 기다리고 있는 듯 했다.

피곤이 겹쳐서 그러한지 마을 입구를 들어선 것 같았는데 우리가 묵을 로지는 한참이나 더 마을길을 돌아서야 도착하였다. 일진들은 현재의 상태로 보아 그나마 큰 무리는 없을 것 같다.

배낭을 침상에 내려놓고 로지 뜰에 내려서니 바람이 아주 차갑다. 해도 어느덧 뉘엿뉘엿 넘어간다. 그러나 이진들은 마을 어귀를 바라보아도 아직 보이질 않는다. 바람이 차가워 조금은 걱정이다.

방에 들어가 짐정리를 하고 따뜻한 밀크티를 한잔하고 나니 눈이 절로 감긴다. 살짝 눈을 붙이려는데 바깥이 소란스럽다. 걱정이 되어

해발 4400m인 딩보체가 저 멀리 보인다.

나가보니 이진이 도착한 것이다. 두 사람이 셰르파와 포터의 도움을 받으며 파김치가 되어 들어왔다. 넋이 나간 모습이었다. 양말을 벗기고 마사지를 하고 약을 먹였다. 그러나 반응이 그리 좋지 않았다. 사진 찍기를 좋아하던 사람이 그중 더 상태가 좋지 않았다. 호흡조절에 실패하여 고소증이 더 심했으리라 짐작해본다.

로지의 고도가 4400m를 넘어섰으니 이젠 앉아서도 호흡이 그리 편치가 않다. 그렇게 잘 먹던 식사도 하지 못하는 사람이 생기고 나역시 왕성한 식욕이 사라지고 밥 한 공기를 겨우 비웠다. 오늘 밤부터는 잠을 제대로 이루지 못할 것이다. 어둠이 내리고 기압이 떨어지니 고소증이 더 심해진다. 등반기를 메모하고 잠자리에 들었으나 누워서는 숨쉬기가 편치 않아 일어나 앉기를 반복하면서 잠시 눈을 붙이는 기나긴 밤이었다.

11월 12일

시차로 인한 것인지 아침 3시 30분이면 하루도 거르지 않고 일어나진다. 날이 밝을 때까지 견디기가 여간 괴롭지 않다. 추워서 책을 꺼내기도 쉽지 않고 좋은 생각이 떠올라도 글을 쓸 수도 없다. 이 생각 저 생각을 하며 날이 밝기를 기다리는 것이 여간 고역이 아니다.

영혼이 자유를 만나다

새벽녘이 되어 바람소리가 나지 않아 자리에 누웠다 앉았다가를 반복하는 것이 지겨워 바깥으로 나가 보니 히말라야 첫날에 보았던 별밤이 더욱 선명하게 재현되고 있었다. 아마다블람의 미봉이 별빛 아래 환하게 다가온다.

뜰을 몇 바퀴 돌고 다시 침낭 속으로 파고들었다. 여권지갑에 꽂아둔 손자들의 사진을 꺼내보며 무료함을 달랜다. 언제보아도 귀여운 새끼들의 모습은 내 영혼의 비타민이다.

그렇게 시간을 보내고 있는데 셰르파가 따끈한 모닝차를 가지고 왔다. 온몸으로 퍼지는 따뜻한 기운이 무거운 몸을 일으켜 세운다. 오늘은 추쿵까지(티베트로 넘어가는 길) 고소적응훈련을 하는 날이다.

아침 8시가 되어도 일어나는 사람이 몇 사람 되지 않는다. 모두 고통스럽게 밤을 지새웠을 것이다. 몸 상태가 좋지 않는 사람들까지 9시경에 로지 뜰에 모였다. 역시나 악몽 같은 지난밤을 보냈다는 사람들이 많았다. 산티에고 800km를 다녀온 사람도 지옥 같은 밤을 보냈다며 한숨을 내리쉰다. 그러나 더 오르기 위하여 고소적응훈련은 멈출 수가 없다.

다시 일진, 이진으로 나누어 길을 나섰다. 이젠 모든 것이 황량하다. 풀도 나무도 없다. 빙하가 쓸고 간 거친 자리엔 잿빛 돌들과 하얀 설산뿐이다. 황량하다는 그 이상의 말도 그 이하의 말도 필요치 않는 풍경이다.

하늘에서 심상찮은 먹구름이 일어나더니 눈이 내린다. 육신은 피곤하지만 11월에 맞이하는 첫눈이라며 모두 반긴다. 고도가 4650m까지 올라가니 고귀한 산악인의 영혼들을 많이도 집어삼킨 악명 높은 로체남벽과 섬나라 아일랜드를 닮았다고 해서 붙여진 아일랜드 피크가 바로 눈앞이다.

황량한 잿빛의 너덜 위에 어느 외국인의 위령탑 한기가 쓸쓸히 서 있었다. 가까이 다가가보니 세계의 산악계에 길이 빛을 남긴 예지 쿠쿠즈카의 위령탑이었다. 가장 먼저 히말라야 14좌를 완등한 라인홀트 매스너의 뒤를 이어 각광받던 산악계의 거장이었다. 저기 보이는 마의 로체남벽에서 자일이 끊어져 만년설에 영혼을 묻은 슬픈 영혼의 추모비다. 그의 마지막 투혼을 보는 듯 위령탑 네 곳으로 길게 늘어뜨린 줄에 매달아 놓은 룽다(라마경이 새겨진 천 조각)가 바람에 세차게 펄럭인다.

삶이란 드넓은 우주만큼이나 수만 갈래의 길을 가는 것 같다. 자신과 가족의 안위를 지키며 살아가는 평범한 나의 삶에도 고뇌의 시간들이 적지 않았는데 육신의 안위를 뒤로하고 설산에 영혼을 묻은 그들의 삶은 얼마나 많은 고독한 고뇌의 시간을 불면으로 세웠을까.

자연의 한 부분처럼 빙하가 흘러내린 황량한 계곡에 엎드린 작은 로지에서 따뜻한 홍차를 마시며 몸 안으로 퍼지는 온기에 잠시 상념에 젖어본다. 앞서간 산악인들도 이 쓸쓸한 로지에서 두고 온 가족

영혼이 자유를 만나다

들을 그리워하며 앞으로 다가올 생사의 도전에 많은 상념의 시간을 가졌으리라. 두세 평 남짓한 산장을 지키며 고독한 영혼을 많이도 만났을 산장지기의 눈이 만년설 위로 펼쳐지는 파란 하늘처럼 동공이 맑아 보인다.

우리는 기념 촬영을 부지런히 하고도 먼저 간 산악인들과 생각의 공통분모를 느끼고 돌아오는 길이 아쉬워 몇 번이나 뒤돌아보며 로체와 그 위성봉들에게 이별의 눈짓을 보냈다.

세계 최고의 암벽등반가 예지 쿠쿠즈카 위령탑

쉬엄쉬엄 올라왔던 길이 까마득히 저 아래로 보인다. 내려가는 길의 발길은 언제나 여유가 있다. 각기 에베레스트에 온 동기와 해외 원정의 경험담을 나누며 동행이라는 유대를 가슴 따뜻이 나누었다. 에베레스트를 선택한 사람들은 개성이 뚜렷하리라는 나의 예측에 빗나감 없이 역시 한 분 한 분 대단한 개성을 지닌 분들이 모인 것 같다. 나 역시 그들과 함께한다는 자부심으로 마음이 뿌듯했다.

그들은 안나푸르나 킬리만자로 몽블랑을 돌아 여기까지 오게 되었다는 나의 이력을 듣고 산을 무척이나 좋아하는 것 같다며 맞장구를 쳐 주었다. 그리고 다음 목표지는 어디인지 질문을 한다. 컨디션 관리를 무척이나 잘하고 있어 보인다고도 했다. 듣기 조아라 하는 칭찬인지는 모르지만 피로를 풀어주는 사탕 같은 말들이었다. 그러나 아직은 그 말을 듣기에는 이른 것이다. 고된 여정이 많이 남아있기 때문이다. 이런저런 정담 속에 되돌아오는 길은 즐거웠다.

로지가 있는 마을 어귀에 오니 모두 피곤한지 쉬었다 가잔다. 양지바른 곳에 누워 하늘을 본다. 다음은 어디로 갈지 마음속에 이미 정해진 것 같다. 톱니바퀴처럼 맴도는 생의 여정에 이러한 길 위의 자유를 누리는 혜택을 누구에게 감사해야 할지 그저 마음이 벅찰 뿐이다. 길을 걷는다는 것이 이렇게 행복한 것이다.

로지에 돌아오니 상황이 심각하다. 이진들이 모두 하산을 결정하였다고 한다. 하산을 결정한 이상 고도를 빨리 낮추는 일이 무엇보

영혼이 자유를 만나다

다 시급하다. 기온도 떨어지고 눈이 내리는 가운데 지친 몸을 이끌고 하산을 하는 것도 쉽지 않을 것이다. 그들의 몸은 이미 피로가 누적되어 너무나 지친 상태다.

하산하는 이들을 보니 마음이 편치가 않았다. 하산 일정도 걱정이지만 목표를 이루지 못하고 가는 그네들의 심정은 더욱 참담할 것이다. 이진이 빠져나가니 분위기는 위축되었지만 마음의 구심력은 강해진 것 같았다.

눈발이 내리는 가운데 그들이 마을 어귀를 돌아갈 때까지 손을 흔들어 주웠다. 하산길에서 합류하겠지만 잠시나마 아쉬운 이별이었다. 오늘도 고통스러운 밤이 될 것이다.

11월 13일

새벽에 눈을 뜨니 견딜만했다. 고소적응도 잘되어가는 것 같다. 오늘은 로부체로 가는 여정이다. 18명이 출발하여 10명이 하산하고 보니 섭섭한 점도 많았지만 한편으로 체력이 있는 사람들만 남아 홀가분하고 팀워크도 잘 이루어질 것 같다. 물론 등반 일정도 순조로울 것이다.

어제 눈발이 내리는 가운데 하산한 일행들이 무사히 도착하였는지 걱정도 된다. 그러나 통신수단이 인편으로만 가능하기에 확인할 수도 없는 상황이다. 가벼운 스트레칭으로 몸을 풀고 출발하였다. 이젠 이틀만 고통을 감내하면 우리가 목표했던 에베레스트 베이스 캠프를 거쳐 칼라파타르 봉까지 올라설 것이다. 온몸으로 기어가는 한이 있어도 이틀은 버틸 수 있겠지 하는 오기가 생겼다.

호흡기에 이상이 온다. 입술이 부르트고 콧속에도 핏덩이가 나온다. 건조한 공기와 메마른 땅의 먼지는 피할 수 없다. 마을을 벗어나 첫 능선에 올라서니 사방이 설봉 속에 싸여 있었다.

저멀리 마을 앞 라마교 탑신이 장엄한 히말라야를 대변하듯 원색의 룽다 깃발을 바람에 휘날리며 쓸쓸히 서 있었다. 오른쪽으로 쫄라체피크가 위용을 날리며 구름을 피우고 그 아래로는 오랜 시간동안 형성된 빙하의 호수가 옥색 물빛을 띠고 있다. 날씨 또한 화창하여 주변 모든 풍경이 사진같이 선명하게 다가선다.

툰드라가 잔디처럼 깔린 넓고 긴 평원이 아득히 펼쳐진다. 설봉에 둘러싸인 장쾌한 툰드라 평원은 바라보는 이들의 마음을 여유롭게 해준다. 지나온 구간 구간들이 모두 다 빼어난 풍경이었지만 오늘 이 구간은 그중에서도 백미라고 할 수 있을 것만 같다.

우리는 바람 같은 자유인이 되어 평화로운 영혼으로 길 위를 마음 껏 유영하였다. 길을 걷다 길 위에서 생의 끝을 맞이해도 좋으리라는 생각마저 들게 하는 행복한 시간이었다.

영혼이 자유를 만나다

설산고봉의 사열을 받으며

마음에 걸림이 없는 길 위의 행복 속에서 나 자신이 자연과 하나가 된 기분이었다. 이 풍진 세상 속에서 삿갓으로 가리고 길 위의 삶을 살았던 김삿갓도 길 위의 행복에 매료되어 그러한 삶의 선택을 하지 않았나 싶기도 하다.

대동여지도를 작성한 김정호, 그리고 의선 허준은 우리나라 트래커의 선구자였을 것만 같다. 목표한 일을 매진하면서 견디기 힘든 고난도 컸겠지만, 이러한 길 위의 자유와 행복도 그들의 삶에 크나큰 기쁨이 되었으리라는 짐작을 해본다.

하늘에선 하얀 구름이 기묘한 형상을 그리고 지우고를 반복하고 있었다. 땅과 하늘이 조화를 이루는 참으로 행복한 시공이었다. 고난의 긴 일정 속에 이러한 시간들이 교차되면서 쌓인 피로가 풀리는 것 같다.

야크들의 워낭소리도 평화롭게 들린다. 어디선가 코 속을 간질이는 꽃향기도 난다. 그 향기가 그치지 않아 세르파에게 물어보았더니 상이라는 식물에서 나는 것이라고 한다. 잎 없이 줄기만 있는 식물인데, 김치 속에 들어가는 청각처럼 생겼다. 생김새는 영 아닌데 어떻게 이런 향기가 나는지 신기할 뿐이다. 이곳 사람들은 그 식물을 채집하여 생활에 긴요하게 쓰기도 하고 시장에 내다팔기도 한단다.

히말라야 평원해 취해 자유를 흠뻑 누린 대자연과의 아름다운 동행이었다. 까마득히 보이던 투클라도 이젠 계곡만 건너면 눈앞이다.

영혼이 자유를 만나다

한 동의 자그마한 로지가 계곡 옆에 홀로 우리를 기다린다.

먼저 온 등반객들이 자리를 차지하고 있어서 우리는 야외에서 점
심을 먹기로 하고 작은 언덕을 하나 더 올랐다. 점심은 야외에서 열
린 조촐한 라면 파티였지만 마음만은 풍족했다.

투클라 산장 위 언덕에서 열린 조촐한 라면 파티

해발 5000m에 자리한 셰르파들의 무덤. 멀리 푸모리의 아름다운 자태가 선연히 눈에 들어온다. 그 아래
우리나라 젊은 등반대원들의 무덤도 함께 하고 있었다.

식사 후 충분한 휴식을 취한 뒤 가파른 능선 길로 접어들었다. 너덜과 먼지가 뒤범벅이 되어 호흡하기가 정말 힘이 든다. 그러나 이젠 누가 말하지 않아도 모두 한 몸처럼 보행의 리듬을 잘 맞추어 간다. 몸짓과 눈빛만 보아도, 그리고 숨소리만 들어도 상대의 컨디션이 어떤지 알 수 있다. 지난 시간, 고통을 함께한 결과로 얻어진 배려의 교감인 것이다.

신체리듬의 오르내림은 사람마다 조금씩 다르게 나타난다. 컨디션이 나은 사람이 뒤처진 사람을 위해 자신의 간식과 물을 나눠 먹으며 나아가는 것이다. 서로를 격려하고 배려하는 따뜻한 정이 고된 여정을 견디게 한다.

바위에 올라타고 쉬기도 하고 땅바닥에 주저앉아 쉬기도 하며 오르고 또 올랐다. 능선에 올라서니 룽다가 여기저기 바람에 날리고 크고 작은 돌탑들이 이곳저곳 산재해 있었다. 여기가 그 유명한 셰르파들의 무덤이자, 산정에서 희생된 셰르파들과 등반객의 위령탑이 세워진 곳이다. 포근한 능선과 구릉에 크고 작은 수많은 위령탑이 우리를 숙연하게 했다.

수많은 위령탑 가운데 대한의 젊은이들의 슬픔도 함께하고 있었다. 에베레스트에 영혼을 묻은 고(故) 남원우, 안진섭 대원들이었다.

'그대 더 높은 눈으로 더 높은 산 위에서 바라보기 위해 여기 히말라야에 맑은 영혼으로 남다.'

동판에는 이렇게 기록되어 있었다. 이국의 하늘 아래 오로지 산을 좋아하는 마음으로 영혼을 묻은 그들 앞에 우리는 잠시 고개를 숙였다. 산을 오르는 사람에게 이곳은 엄숙한 곳이다.

우리는 경이로운 신비의 자연을 만나기 위해, 자기의 투혼을 시험하기 위해, 그리고 맑은 영혼을 만나기 위해 산을 오른다. 하지만 셰르파와 포터들은 단지 가족의 양식을 구하기 위해 오늘도 그렇게 무거운 짐을 메고 오르고 있다. 그들이 있기에 우리는 8000m 정상등반의 영광이 가능하지만, 그들은 수십 번을 올라도 아무런 영광이 없다. 전쟁에 나아가 산화한 무명용사들과 무엇이 다르랴. 그 영혼만이 히말라야 하늘 아래 남아있을 뿐이다. 이름 없이 피고 지는 들꽃 같은 가녀린 영혼들이다.

나는 쓸쓸한 그들의 무덤을 다시 바라보며 진심으로 안식을 빌어보았다. 그들이 겪어야 했던 고난의 삶을 생각하니 가슴이 촉촉이 적셔 내린다. 때 묻지 않은 삶을 살다가 맑은 영혼으로 돌아간 그들이다.

나의 옆에 서있던 셰르파가 진지한 표정으로 나를 바라보았다. 그리고 빙그레 웃었다. 나의 숙연한 모습에 감사를 보내고 있는 것 같았다. 나는 그를 다시 바라보았다. 해맑은 미소를 잃지 않는 그들이 바로 히말라야의 영혼이 아닌가 싶다. 들풀 같은 삶을 살면서도 미소를 잃지 않는 그들의 모습에 새삼 마음이 아려온다. 그들은 우리

영혼이 자유를 만나다

가 가고나면 또 다른 사람들과 이 길을 오를 것이다. 숙명처럼 또 오를 것이다.

셰르파의 무덤을 숙연한 마음으로 넘어서자 쿰부 빙하의 대 파노라마가 드디어 눈앞에 다가선다. 풀 한 포기, 나무 한 그루 찾아볼 수 없는 황량한 잿빛 협곡이 장엄하게 펼쳐진다. 해발 4900m 지점이었다. 거대한 빙하가 흘러갔고, 대협곡을 따라 돌 무리의 완만한 경사 길을 우리는 지금 오르고 있는 것이다. 며칠 전 에베레스트 뷰 호텔에서 보았던 까마득한 그 풍경들이 이젠 눈앞으로 다가와 펼쳐지고 있는 것이다.

눈을 들어 설봉을 쳐다보면 숨 막히는 멋진 장면들이다. 정말 대단하구나! 비워내고 비워낸 육신은 단순한 감탄사만 품어내며 한 발짝 한 발짝 무거운 발걸음을 옮겨가고 있다.

피곤에 지친 기나긴 하루의 여정은 기우는 해를 등 뒤에 지고 로부체 로지에 도착하면서 마무리 지을 수 있었다. 이미 해는 고봉설산에 가려지고 빙하를 타고 온 찬바람이 옷에 벤 땀을 식히니 온몸에 한기가 느껴졌다.

저녁식사로 미음 한 그릇을 겨우 비우고 잠자리에 들었으나 잠이 오지 않는다. 괴로운 밤도 오늘까지, 앞으로 이틀만 더 참자고 마음을 다잡고 침낭 속을 파고들었다.

11월 14일

가슴이 답답하고 속이 울렁거려, 일어났다 누워 있기를 반복하며 지샌 기나긴 밤이었다. 호흡기도 좋지 않아 기침이 심하게 나왔고, 콧물로 타월 한 장을 적실 정도였다. 포터가 날라준 따끈한 홍차 한 잔을 침낭 속에서 받아들고 긴 호흡을 몇 차례 해가면서 여러 번에 걸쳐 마시고 나니 따뜻한 기운이 전신에 퍼져 나간다.

해는 이미 솟아올랐다. 간밤에 들리던 기침소리만큼이나 일행 모두의 표정들이 편하지 않아 보였다. 또 한 분이 하산을 결정하였다고 한다. 마음이 무거워진다. 이젠 이틀만 참고 견디면 되는데 그 분은 자신의 한계를 잘 안다면서 미련 없이 하산을 결정했다. 여러 번의 등반 경험으로 보아 남아있는 분들은 모두 잘 할 것이라며 한 사람 한 사람 뜨거운 포옹으로 우리를 격려하고 포터 한 사람만 데리고 길을 떠났다.

하산하는 분은 이번이 히말라야와 여덟 번째의 인연이라고 했던 분이다. 안나푸르나가 너무 좋아 주변의 산 친구들과 친지들을 다 데리고 왔었다고도 하였다. 참으로 대단한 분이라고 생각했다. 성격은 낙천적이었지만 남에게는 손톱만큼도 피해나 신세를 끼치지 않는 깔끔한 분이셨다. 입담도 시원해 언제나 좌중을 웃음바다로 만들

영혼이 자유를 만나다

어 주던 재미있는 분이셨다. 그분의 하산은 모두 섭섭해했다. 웃으면서 떠나던 그분이 무사히 하산하기를 빌며 남은 일정을 향해 지친 발길을 옮겨본다.

고락셉 로지까지 이젠 극한의 지대를 올라야 한다. 빙하가 흐르는 자리를 따라 거북이처럼 천천히 오르고 또 올랐다. 모두 힘겨운지 아무런 말이 없다. 한발 한발 내딛는 발자국 소리와 심호흡 소리만이 빙하를 휩쓸어 내리는 차가운 바람과 함께 황량이 지나갈 뿐이다.

모래가 날리고 돌이 날아들었다. 빙하는 말라버린 거대한 하천 같아 보이지만 이따금 갈라진 틈 사이로 깊이를 가늠할 수 없는 얼음층이 보인다. 그리고 기나긴 얼음동굴이 빙하의 중앙으로 형성되어 얼음이 녹은 물이 흘러가는 소리가 괴기스런 바람소리같이 쉬이-쉬이- 하며 빙하의 동굴을 지나가고 있었다.

빙하를 따라 능선을 휘감아 도니 우리가 목표하는 칼라파타르가 그 몸체만 조금 보여준다. 검은 봉우리라는 별명을 가지고 있는 베이스캠프 주변의 봉우리로, 유일하게 눈이 쌓이지 않는 특이한 형태를 가지고 있다.

고락셉까지는 간식으로 점심을 해결해야 한다. 에베레스트에서 흘러내리는 주 빙하인 쿰부 빙하를 따라 올라가다 로부체 빙하와 챈그리눕 빙하 챈그리살 빙하의 합수부 지점을 통과하여 올라서니 푸모리(7161m)의 아름다운 자태와 쿰부체(6639m)가 눈앞에 다가설 듯 보이고, 눕체(7855m)의 장엄한 모습도 서서히 드러내고 있었다.

거대한 빙하들이 한 곳으로 모인 쿰부 빙하, 그리고 에베레스트를 주봉으로 한 하늘 높이 솟아오른 거봉들은 참으로 장엄한 풍경을 이루고 있다. 수만 년 전부터 현재, 그리고 오랫동안 지속될 빙하의 시간 속에 우리도 잠시 머무르고 있는 것이다.

육신의 피로는 한계점에 와 있지만 마음은 그 한계점을 넘어설 정도로 벅차다. 계속되는 너덜과 자갈길이 피로를 극한으로 몰고 간다. 내일이면 목표하는 정상에 오른다. 그리고 하산한다. 이것이 우리를 고통에서 견디게 하는 마지막 에너지이다.

저 능선을 넘으면 마지막 로지인 고락셉이다. 빙하의 괴기스런 울음이 귓속으로 파고든다.

차츰 가까이 다가오는 희다 못해 푸른빛을 띤 푸모리피크의 아름다운 자태가 이젠 잡힐 듯이 보인다. 오른쪽으로는 장엄한 눕체의 전신을 한눈에 바라볼 수 있었다. 한 구비 가파른 너덜을 오르면 마지막 로지인 고락셉에 도착할 것이다. 10보 전진에 10분 휴식이라 할 수 있는 느린 걸음으로 오르니 마음만 앞서 갈 뿐, 몸은 따라주질 않는다.

드디어 고락셉 로지가 저 아래 보인다. 모두 안도의 한숨을 돌린다. 너덜을 타고 앉아 주위의 풍경에 넋이 빠졌다. 바람이 몹시 차갑다. 내리막을 천천히 내려가니 메마른 빙하의 호수 위에 로지가 형성되어 있었다.

점심으로 죽 한 그릇을 비우고 쓰러지듯 배낭을 베고 누워 잠시 휴식을 취한 후 곧바로 고소적응훈련에 들어갔다. 내일 마지막으로 오를 칼라파타르 봉의 5부 능선까지 올라가보기로 하고 출발하였다.

말라버린 빙하의 호수 자리엔 보드라운 모래가 깔려 있었고, 가장 낮은 자리에만 맑은 물이 고여 있었다. 호수를 가로질러 우리가 목표했던 칼라파타르의 가파른 능선을 향해 올라가며 가쁜 숨을 몰아쉬었다.

쿰부 빙하는 오르는 내내 가까이서 보아왔지만 챈그리눕 빙하와 챈그리살 빙하는 합수부만 보았었다. 칼라파타르 능선을 타고 올라 내려다보니 그 두 빙하 사이로 챈그리피크가 솟아오른 광활한 지역

이었다. 빙하가 휩쓸어간 자리는 대홍수가 지나간 것 같이 상상을
초월할 정도로 거대하였다. 이 지구에 이렇게 신비하고도 경이로운
환경이 존재한다는 것에 새삼 감탄할 뿐이다.

　칼라파타르는 앞서도 말했지만 오묘한 지형을 형성하고 있었다.
바위덩어리와 만년설만이 존재하는 이곳에 어떻게 이 많은 흙들이
쌓이게 되었는지, 그리고 푸모리를 비롯한 많은 고봉들이 차가운 바
람을 감싸듯 안고 있는 형국도 신비로울 뿐이다.

고소적응 차 올라간 칼라파타르 중간 지점에서 쿰부 빙하를 배경으로 자축의 온수 한 잔

칼라파타르 위로는 아이스폴이 눈 시리도록 쌓여있는데, 여기는 얼음은커녕 눈 한 줌도 쌓인 곳이 없다. 게다가 이 황량한 고산 지역에는 툰드라의 풀들이 생명을 이어가고 있었다. 풍수에 문외한인 내가 보기에도 명당인 것 같다. 배산은 푸모리를 삼고, 청룡백호는 에베레스트 위성봉들이 감싸고 있으며, 안산은 그 위용도 대단한 눕체가 버티고 있으며 대빙하가 강을 대신한다 할 수 있으니, 험준한 히말라야에 이만한 명당이 어디 있으랴 싶다.

오대산 적멸보궁에 버금가는 명당자리가 아닐까 싶기도 하다. 예전에 오대산 상원암에 들렀을 때 어느 스님에게 들은 이야기인데, 적멸보궁 자리가 우리나라 배꼽에 해당하는 명당자리라 했다. 비로봉에서 흘러내린 적멸보궁에 서서보면 연꽃잎에 둘러싸인 꽃 수술처럼 오대산 봉오리들이 적멸보궁을 감싸고 있는 형국이라 한다. 겨울에 적멸보궁에 물그릇을 올려놓아도 땅의 지기가 올라와 물이 얼지 않는 명당의 혈 자리라 하였다. 오늘 오른 칼라파타르가 히말라야의 명당자리임에 틀림없을 것이라 여겨진다.

모처럼 시간이 남아 에베레스트 품안에서 마음의 여유를 즐겼다. 로지를 내려오니 입맛이 완전히 떨어졌다. 차 한 잔과 죽 몇 스푼으로 저녁을 대신하고 5200m의 고단하고 고통스런 밤을 맞이했다.

11월 15일

한숨도 자지 못한 밤이었다. 몸이 아파 중환자실에 들어가면 이런 괴로운 시간이 지속될 거라는 상상도 해보았다. 먼저 하늘로 간 나를 사랑했던, 내가 사랑했던 한 분 한 분을 떠올려보며 괴로운 시간들을 그리움의 바다에 녹이며 긴긴 밤을 보냈다.

시간은 흘러 아침은 밝았다. 물 한 모금으로 아침식사를 대신했다. 칼바람에 맞설 준비를 단단히 하고 파이팅을 외치며 칼라파타르 정상을 향해 뭔가에 홀린 듯이 출발하였다.

이른 아침이라 냉기가 대단했다. 이틀을 거의 먹지 못했고, 수면 부족으로 인한 피로와 지독한 한기가 밀려와 육신은 거의 한계에 다다르고 있었다. 가파른 능선에 몸을 붙이자 배낭에 넣은 물 한 병조차 부담스러웠다.

잠시 배낭을 셰르파에게 맡기고 호흡조절을 해본다. 몇 번의 고산 등반을 경험하였지만, 마지막 등반의 발걸음은 언제나 육신의 한계를 감내하는 시간이었다. 이 극한의 고통을 이겨내지 못한다면 정상의 희열은 느껴보지 못하리라.

정상에서 맛보는 가슴 벅찬 감동은 생의 긴 여정에서 반딧불 같은 맑은 빛이 되어 삶이 고단할 때마다 반짝반짝 용기를 주는 청량제

영혼이 자유를 만나다

역할을 할 것이다.

손에 감각이 없어 이중 장갑을 벗어보니 손가락 끝이 모두가 새파랗게 변해 있었다. 얼른 몸속으로 집어넣고 두 손으로 마주 비볐다. 얼얼한 손에 장갑을 다시 끼고 올빼미 방한모자를 하나 더 눌러썼다. 그리고 배낭을 받아 메고 마지막 힘을 다해 너덜을 차고 올랐다.

이제 정상이 눈앞에 보인다. 제단 같은 것이 보이며 룽다가 바람에 세차게 펄럭이고 있다. 눈을 들어 사방을 바라보니 에베레스트의 파노라마가 장엄하게 펼쳐진다. 드디어 칼라파타르 정상에 올라선 것이다. 모두 어깨를 움켜잡고 괴성을 지르며 벅찬 감동을 공유했다.

나는 에베레스트를 향해 어머니를 불렀다. 하늘에 계신 어머니가 손짓을 하듯 에베레스트 정상에서 구름이 일어선다.

'오늘 당신의 아들이 이 머나먼 높은 곳에서 당신을 부르고 있습니다.'

밀려오는 감동이 눈물이 된다. 칼라파타르를 둘러싸고 있는 준봉들이 모두 나에게 손짓을 보내고 있는 것 같았다.

온몸을 전율케 하는 벅찬 감동의 순간도 잠시였다. 혹독한 찬바람이 거세게 몰아친다. 이젠 내려가야 한다. 극심한 고통 때문에 오르면서 보지 못한 비경들을 세세히 보리라.

고락셉 로지로 돌아와 밀크티 한 잔으로 얼었던 몸을 녹이고 하산을 서둘렀다. 축적된 지방은 거의 소진된 것 같다. 튼튼한 이빨 하나만은

칼라파타르 정상에 올라서다.

우리 집안의 내력이라며 자랑했는데 생이빨이 흔들거린다. 혹독한 고통을 체험했다. 육신의 군더더기는 다 빠져 나간 것 같다. 먹지 못해 뱃속이 쓰리고 울렁거렸다. 머릿속도 하얗고 그저 얼얼하였다.

등산후기

하산은 중도 하산한 이진들과 일정을 맞추기 위하여 야간산행을 이틀이나 강행하여 하루를 앞당겨 3일이 걸렸다. 별을 노래하며 야간산행의 고단함을 달랬던 일, 밤의 협곡을 타고 올라온 안개 같은 묘한 기류를 감상했던 일은 히말라야 야간산행의 보너스였다.

하산 내내 나와 일행들 모두가 급성위염으로 음식을 제대로 먹지 못했다. 일행 중 한 명은 발목에 이상이 와서 걷지 못해 말을 이용하여 간신히 하산을 마쳤다.

집으로 돌아오니 가을은 이미 떠나가 있었다. 떠나간 가을이 무상하여 쓸쓸하였다. 신을 의지하며 신의 길을 가고 있는 히말라야 생명들, 이름 없이 피고 지는 들꽃 같은 삶을 사는 가녀린 사람들, 그들을 오래도록 기억하면서 그들처럼 내 삶도 조용히 비워 가리라.

그리고 에베레스트의 아름다운 풍경 속에서 나도 그 일부가 되어 자유와 행복, 평온을 마음껏 누렸던 것도 잊지 못할 것이다. 아름답던 그 순간들은 남은 삶에 또 하나의 향수가 되어, 영원한 그리움으로 마음 깊은 곳에 자리할 것이라 자위해보며 에베레스트 등반기를 맺는다.

2011. 3. 20 - 3. 30

랑탕, 쿤사인 군도 등반기

카트만두—바탈—키리키스탄—사브르베시—랜드슬라이드롯지—라마
호텔—랑탕—강진콤파—캉진리—랑탕—라마호텔—랜드슬라이드롯지—
툴루사부르—촐랑파티—라우리비나롯지—코사인 군도—라우리비나롯지—
촐랑파티—신콤파—둔체—카트만두

3월 20일

향수처럼 싸한 그리움이 맺힌 그 하얀 설원들, 눈이 유난히 맑은 사람들이 살아가는 곳, 그리움이 왜 일어나는지 그 원천을 나에게 알게 해준 곳, 신들의 땅이라 말하는 그곳, 히말라야로 떠나는 지금, 새봄을 기다리는 홍매화의 꽃망울처럼 가슴이 설렌다.

그러나 이웃나라 일본의 지진으로 인한 대참사 소식이 우리를 슬프게 하는 시간에 나만이 여유를 부리는 것 같아 그리 가벼운 마음은 아니다. 한밤중에 밤길을 나서는 것 또한 아내에게 미안한 마음 금할 수 없다.

아들이 부산 노포동 버스종합터미널까지 배웅을 해주고 돌아갔다. 평소에도 묵묵히 따라주는 자식이지만 한밤중에 애비를 배웅하고 돌아가는 자식이 오늘따라 무척 안쓰럽게 보인다.

하지만 지하철을 타고 무거운 짐을 들고 온 일행들은 그 모습이 조금은 부러웠던 모양이다. 산 선배 한 분이 예전에 맹장염이 걸렸는데 그날따라 부인은 출타중이고 아들은 외국에 나가 있어 가족의 도움을 받지 못해 시간을 지체하는 바람에 큰 고생을 했다는 이야기와 함께 가까이 있는 자식이 효자라는, 평소에는 그냥 지나쳤던 그 말이 내 마음을 따뜻하게 하여준다.

영혼이 자유를 만나다

산업화와 세계화로 가족관이 핵가족화로 빠르게 확산되면서, 부모의 연륜에서 묻어나는 지혜를 자녀세대에서 제대로 넘겨받지 못해 사회나 개인에게 끼치는 손실이 적지 않을 것이라는 생각을 인생의 후반을 살아가는 요즈음 종종 해본다.

그래도 가업을 이어받겠다며 부모 밑에서 묵묵히 일하는 아들이 한편으로 안쓰럽기도 하지만 만약에 저 아이가 곁에 없으면 내가 어떻게 오랫동안 집을 비우고 원정등반을 자주 나갈까 하는 생각이 들면서 고마움을 느낄 때가 점점 많아지는 것이 사실이다.

물론 세상의 바다에 직접 뛰어들어 풍랑을 헤치고 살아야 큰 고기를 잡는 법을 배울 수도 있다. 하지만, 부모가 물려주는 삶의 지혜를 이어받아 그것을 근간으로 더 발전시키고 성실히 노력하는 것도 중요하다 할 것이다. 이러한 정신적인 유산을 삼대에 걸쳐 장수하며 이어간다면 한 가문을 제대로 일으켜 세울 수도 있으리라는 생각을 하면서 아들에 대한 연민을 자위해 본다.

예전에 딸아이 덕분으로 일본에 가서 료칸에 묵으면서 많은 생각을 했던 일이 떠오른다. 료칸은 대대로 이어지는 가문의 전통과 문화를 상품으로 만든 일본 고유의 숙박시설이다. 민간 전통을 고스란히 이어왔기에, 일본의 전통생활양식을 체험하며 조용히 휴식을 하기에는 최고라는 느낌을 받았다.

물론 하루 묵는 숙박과 음식 값이 만만치 않아 서민이 접근하기에는 부담스러운 곳이기도 했다. 우리나라도 그것을 벤치마킹하여 고택에서 먹고 자는 전통문화체험 상품이 심심찮게 나오고 있는데, 그러한 일들은 우리의 전통 문화를 후세는 물론 외국인들에게도 우리의 뿌리를 알리는 좋은 상품으로 크게 장려할 일이라고 생각한다.

종손이란 올가미에 갇혀 쓰러져 가는 고택을 고독하게 지키던 일은 앞으로는 전설이 될 것만 같기도 하다. 디지털 세상에서 정보가 홍수를 이룬다 해도 아날로그 세상에서 축적된 지혜도 인류가 존재하는 한 빛이 날 것이다.

3월 21일

한밤중에 부산 노포동 버스종합터미널에서 출발한 리무진 버스는, 새벽 6시 10분경에 인천공항에 도착했다. 탑승수속을 마치고 출국장에 들어서니, 나라가 주저앉는 상황 속에서도 현해탄을 건너온 일본인 히말라야 등반 팀이 드물지 않게 보인다.

인천공항의 대한항공 네팔 직항을 이용하는 승객들의 대부분이 네팔과 네팔 부근 나라의 산업근로자와 한국, 일본의 히말라야 등반객이다. 우리나라의 국격을 첫 번째로 실감하는 현장이다.

히말라야 초행길이었던 2001년만 해도 직항편이 없어서 태국에

영혼이 자유를 만나다

서 무려 네 시간동안 네팔항공을 기다리며 피곤해했다. 그리고 10년 후인 지금, 우리 경제의 위력과 나라의 위상을 인천공항에서 실감할 수 있게 된 것이다. 이러한 일들은 외국에서 우리 국민 누구나가 느끼는 자부심으로, 어려운 지난 시절에 대비되어 더더욱 가슴 뿌듯한 일들이다.

우리가 탄 KE695 비행기는 굉음을 내며 이륙하였다. 복잡한 일상을 끊는 신호탄 같았다. 네팔과의 시차를 맞추기 위해 시계를 세 시간 십오 분 뒤로 돌리고 나니 기분은 이미 네팔의 영역에 들어온 것 같다.

이번 여행의 계획과 실행을 맡은 나로서는 사실은 여러 가지로 마음이 쓰인다. 그러나 나의 고산경험을 바탕으로 산을 사랑하는 분들에게 감동의 시간을 선사하는 즐겁고 보람된 일이기에 가슴이 뿌듯하다.

객실 승무원의 친절한 서비스와 히말라야 산정의 아름다운 일정을 일행들에게 들려주기도 하며 두어 잠을 자고 나니, 얼마 후에 트리부반 공항에 도착한다는 기내방송이 나오면서 오른쪽 창으로 히말라야 설산이 아스라이 보인다. 일행들에게 저기가 히말라야라고 설명하니 모두 설레는 모양이다. 산을 좋아하는 사람들의 소망 같은 히말라야 등반길이 왜 설레지 않겠는가.

일곱 시간 삼십 분 가량의 비행시간이었지만 지루하지 않게 날아와 네팔의 수도 카트만두의 트리부반 공항에 사뿐히 내렸다.

나는 이미 세 번째 이 나라를 여행하는 일이라 설렘보다는 이번 여정의 목적지 랑탕히말의 아름다운 비경이 우리에게 줄 감동에 대한 기대가 더 크다. 아마도 초행인 일행들은 히말라야라는 이름만으로도 마음이 부풀대로 부풀어 있을 것이다. 설레는 마음이야 나이와 무슨 상관이 있으랴 싶다.

입국수속을 밟고 공항 밖으로 나오니 꽃목걸이를 들고 현지 스텝들이 기다리고 있었다. 환영할 때는 꽃목걸이를 걸어주며 반기고, 환송할 때는 하얀 명주휘장을 목에 걸어주며 작별의 정을 나누는 것은 이 나라 사람들이 손님에게 배려하는 아름다운 풍속이다.

나는 낯이 익은 네팔 여행사 사장과 반가운 인사를 나누고, 소개받은 셰르파의 안내로 일행들과 중형버스에 올라탔다. 버스 안에는 우리의 산행을 도와줄 스태프(셰르파, 쿠커, 포터)들이 버스 중간 좌석까지 가득 메우고 우리를 맞이했다. 일행들은 이 많은 사람들이 우리의 등반을 보조한다는 사실에 놀라했다. 그러나 모든 것을 책임진 나로서는 마음을 놓을 수 없다. 그들이 순박하다고는 하나 지나친 상업적 행동은 하지 말아야 하고, 우리가 그들을 하대를 하여 마음에 상처를 주는 일이 있어서는 안 된다. 또한 그들을 세심히 배려하여 그들의 마음에서 우러나오는 협조를 얻어야 산행을 즐겁고 무사하게 마칠 수 있다. 이는 이번 등반에 아주 중요한 관심사항이다.

영혼이 자유를 만나다

우리를 태운 중형버스가 카트만두를 벗어나자 기나긴 고갯길에 들어섰다. 안나푸르나의 관문인 포카라 가는 길은 10년 전에 지나친 길이라 기억은 가물가물 하였으나 풍경은 그리 낯설지 않았다.

먼지가 풀풀 일어나는 반 포장도로와 산악지형을 타고 도는 꼬불꼬불한 길들이 히말라야 여정임을 실감케 한다. 이런저런 풍경에 취해 달려오니 포카라 가는 길과 랑탕으로 들어서는 갈림길이 나온다. 지금부터 우리는 본격적으로 랑탕, 코사인 군도 카라반에 접어드는 셈이다.

랑탕으로 가는 길은 중국령 티베트로 가는 산악수송로를 확보하기 위한 확장 정비 공사가 진행 중이라 다소 시간이 지연될 것이라고 셰르파 꾸상이 설명한다. 그래도 좋을 것 같다. 오히려 천천히 가게 되어 히말라야 산촌풍경을 카메라에 담기에는 잘 되었다 싶은 생각이 들었다.

고갯길을 넘어 트리슬리 강으로 접어들자 협곡의 길은 절벽을 이루면서 공사차량이 빈번히 길을 가로막아 섰다가다를 반복하다보니, 폭이 좁은 길에서 공사차량과 교행을 할 때는 간담이 서늘한 순간이 반복되었다.

협곡의 절벽 길을 공사차량과 씨름하며 긴 구간을 통과하고 나니 논밭이 보이면서 카트만두의 그 메케한 환경과는 아주 딴판인 아늑한 시골풍경이 우리를 맞이하여 주었다.

오늘은 트리슬리 강이 흐르는 트리슬리 바제르라는, 우리나라 읍 단위 정도의 산촌마을에서 히말라야 첫 밤을 맞이하기로 계획되어 있었다. 하지만 묵기로 계획한 로지보다 1km 정도 못 미치는 곳에 있는, 시설이 더 좋다는 바탈의 로지에서 여장을 풀기로 일정을 변경하였다.

로지에 도착한 후 여장을 풀고 부셰르파가 가져온 따뜻한 밀크티를 파란 하늘을 바라보며 마시니, 심연에서 잠자던 히말라야의 향기가 전신을 감싸는 전율을 느낀다.

저녁식사를 준비하는 동안 일행들과 마을을 둘러보기 위해 길을 나섰다. 유엔의 원조 기관이 상주하는 곳이라 그런지 왕복 2차선 도로가 말끔히 정비되어 있었다. 덕분에 히말라야 그 특유의 건조한 공기 탓에 어디서나 먼지가 폴폴 나는 환경이 아닌 맑고 싱그러운 바람이 불었다.

산 아래 낮게 엎드린 마을 여기저기에서 밥 짓는 저녁연기가 꼬리를 물고 피어오르는 아늑한 초저녁풍경이 우리들의 마음을 더욱 감미롭게 한다. 나는 이번이 세 번째의 히말라야 여정이지만 목가적인 이러한 풍경들은 귀국 후에도 문득 생각나는 그리움으로 남는다.

신비의 땅에 첫발을 내딛는 아주 들뜬 마음은 아니지만 향수처럼 그리웠던 이곳에서 또 다른 감동이 심연을 파고들어 내 영혼을 울릴 것이라는 기대에 마음이 설렌다.

영혼이 자유를 만나다

이내 별이 하나둘 모습을 드러내고, 고즈넉한 밤은 오래된 날에 첫 모내기 하던 날 어머니가 들녘으로 내어 오신 미역국에 동동 뜨는 찰수제비를 먹던 그 행복한 시간으로 나를 데려다 놓는다. 이러한 자연의 품속에서 감미로운 시간을 맞이하면 지난날의 행복했던 시간들이 어김없이 찾아오는 이유는, 동심의 맑은 마음에다 수놓아 지워지지 않는 수채화 같은 추억들이라 그러할 것이라 여겨진다.

저녁은 네팔의 토종닭을 잡아 근사한 성찬으로 마련하였다. 처음으로 네팔의 스텝들과 조우하는 자리라 나는 고산등반경험을 최대한 살려 그들이 긴장의 끈을 놓지 않도록 단단히 일러두어야 했다.

우리 일행들을 간단하게 소개하고 셰르파 꾸상부터 부셰르파, 그리고 쿠커의 팀장을 소개받았다. 내가 포터들은 한꺼번에 세워놓고 멋진 표현으로 어디든지 통하는 엄지를 세워주니 긴장하던 그들의 눈빛이 풀리면서 최선을 다하겠다며 즐거워들 한다.

이번 여정에 나서면서 아내의 장롱 속에 잠자던 옷가지와 소천하신 부모님이 남긴 금장시계 한 세트도 챙겨왔다. 부모님이 남긴 시계를 가져온 것은 가난한 그들이 제일 갖고 싶어 하는 물건 중 하나이며, 별만이 시간을 알려주는 산촌에서 긴요하게 사용되므로, 그들이 나보다 더 소중하게 간직할 것이라는 생각에서였다. 그래서 나의 선물 보따리는 꽤나 큰 편이었다.

먼저 셰르파를 불러 옷가지를 풀어 나누어 가지라고 하니 입이 떡

벌어졌다. 내가 우리 일행에게 여행 전 미팅에서 옷가지를 챙겨오면 좋은 선물이 될 것이라고 일러두어서, 일행 중 한 분도 자기 옷가지를 챙겨와 함께 내어놓았다. 셰르파 꾸상은 우리의 배려에 고개를 연신 꾸벅이며 고마워했다. 열심히 하면 또 다른 선물도 기다릴 것이라고 하니 더욱 놀라더니 감사의 눈빛을 보낸다.

그들과의 첫 대면은 서먹서먹할 겨를도 없이 즐거운 자리로 이어졌다. 이곳의 계절은 밀알이 익어가고 있으니 우리나라의 오월 하순 정도로 보였다. 그래서 동절기 옷을 입고 출발한 우리들은, 땀을 뻘뻘 흘리면서 모처럼의 토종닭 요리에 내가 가져간 당귀로 담은 술을 곁들어 흠뻑 즐겼다. 히말라야 첫날밤이 흥겨움과 웃음소리로 시끌벅적하게 저물어 갔다.

3월 22일

언제나 산촌의 아침은 정겨운 닭 우는 소리로 시작된다. 쿠커들이 준 따뜻한 홍차를 한 잔 마시고 아침식사를 준비하는 동안 일행들과 새벽산책을 하러 로지를 나섰다.

파란 하늘에 아직 지지 않은 낮달에다 그 아래 졸고 있는 안온한 풍경들이 나에게 그리움이 되었던 이유를 설명이나 하듯이 히말라

영혼이 자유를 만나다

야 첫날을 맑게 열어주었다. 일행들에게 아직은 시작에 불과하지만 이 맛으로 여기에 오는 것이라 하니 모두 정말 잘 왔다며 맞장구를 쳐준다. 많이 망설인 결정이었지만 역시 잘 왔다며 앞으로의 일정에 가슴 설렌다고 한다.

이 마을은 수자원이 풍부하고 땅이 기름져서 척박한 히말라야에 오아시스 같은 곳이라는 생각이 든다. 바나나농장과 망고농장이 여기저기 보이고, 트리슬리 강 너머의 산정 위로 제법 큰 마을에서 하얗게 피어오르는 밥 짓는 연기는 산촌의 정겨운 아침 풍경이었다.

마침 세계적으로 유명한 용병을 배출한다는 네팔 군인들이 아침 구보를 하며 우리 곁을 씩씩하게 지나간다. 몸이 늘씬하고 근육이 단단해 보이는 그들은, 이 나라의 멋진 젊은이들은 군에 다 모아 놓은 듯 종족은 다르지만 모두 잘 생겼다. 국민은 가난하지만 군인들은 준마같이 훈련시키고 있는 것으로 보였다.

국민소득이 낮을수록 권력은 군인에게 있는 것은 우리도 경험하였지만 어느 나라나 마찬가지일 것이다. 엘리트 계층은 권력이 집중된 군문에 모이는 것 또한 당연한 일일 것이다. 그래도 우리나라는 복이 많아 군이 독재만 한 것이 아니라 현대화 산업의 초석을 다져 놓았으며 새마을 운동이라는 정신혁명을 일으켜 선진문명에 진입할 수 있는 기틀을 확고히 하였기에 오늘 내 자신도 이 자리에서 사치스런 상념에 젖어보는 행운을 누리는 것이 아닌가 싶다.

마을을 한 바퀴 돌고 오니 아침상을 정갈하게 차려놓았다. 한식 전문 쿠커 덕분에 식사는 여정 내내 특별식을 제외하고는 한식으로 먹을 수 있을 것이다. 여행의 첫 번째 애로사항인 먹는 것만은 확실하게 해결된 샘이다.

이국에서 매끼마다 받아보는 한식상은 산사람이 아니면 상상하기 어려운 즐거움이다. 쿠커들의 요리 실력은 한국보다 더 한국적인 맛으로 솜씨를 자랑한다.

참고로 한 가지 알리고 싶은 것은 셰르파와 쿠커의 팀장은 여행자의 짐을 지지 않는다. 자기 배낭만 메고 가는 특권이 주어지는 것이다. 다시 말해 우리와 같이 여정을 즐기는 셈이다. 히말라야 산촌 젊은이들의 꿈이 셰르파가 되는 것을 염원하는 이유이기도 하다. 하지만 포터를 거쳐 쿠커를 한 뒤 부셰르파로 활동하다가 셰르파가 되기에 그 과정은 쉽지만은 않다.

그러나 셰르파라는 직업이 히말라야 젊은이들로서는 꿈이고 희망이다. 각국의 사람들과 어울려 그들과 교류하며 폭넓은 사고를 기를 수 있는 기회를 가지며, 또한 그들과 함께 변화무쌍한 산정의 희로애락을 즐기며 대자연의 호연지기를 기르는 일이 직업이기 때문이다. 다만 대자연의 호연지기와 극기정신으로 무장된 그들의 영혼을 선진문명에 접목시켜 글로벌 인재로 키우지 못하는 이 나라 형편이 안타까울 뿐이다.

영혼이 자유를 만나다

우리는 아침식사를 즐겁게 하고 오늘의 목적지 샤브르베시로 출발하였다. 트리슬리 강을 따라 카리키스탄을 향해 가는 카라반은 풍부한 수량과 비옥한 농토로 랑탕히말의 보고가 아닐까 생각된다. 아마 랑탕 지역의 농산물 중 쌀과 채소, 과일 등은 여기서 대부분 생산되는 것 같다.

모내기를 하는 풍경이 마을 이곳저곳에서 가끔 보이고, 호젓한 산 아래서 금방이라도 소쩍새가 울 것 같은 아늑한 산촌의 풍경이 정겹기만 하다.

어느덧 우리는 카리키스탄을 접어들고 차는 능선을 힘겹게 기어오르고 있었다. 카리키스탄 마을을 통과할 무렵 도로를 가로지르는 관료공사 덕분으로 잠시 차에서 내리는 시간을 얻었다.

카리키스탄은 경사진 산촌으로 뒷산을 배경으로 따뜻한 곳에 자리하고 있었으며 산촌마을로서는 제법 큰 마을이었다. 이곳 네팔에도 수많은 부족들이 모여 한 국가를 이루는 과정을 겪었다고 하며 카리키스탄도 한때는 한 부족의 수도이었다고 셰르파가 설명한다. 짧은 시간이지만 그들의 삶의 모습을 엿볼 수 있었으며, 잠시 짬을 내 지나가던 예쁜 염소 가족을 사진에 담았다. 히말라야 염소는 우리나라 염소와는 달리 귀를 길게 늘어뜨리며 순하고 귀엽게 생긴 것이 양과 비슷하였다.

버스가 카리키스탄부터 가파른 산악도로를 기어올랐다. 산은 온통 노란 꽃으로 뒤덮여 있었다. 버선을 닮았다고 하여 버선 꽃이라 부르기도 했던 우리나라 골담초 노란 꽃을 많이 닮아 보였다.

노랗게 도열한 꽃길을 힘겹게 기어오르자 아스라이 올려 보이던 다랑이 밭들이 눈 아래로 들어온다. 이곳의 고도가 2000m 정도 된다는 셰르파의 설명이다.

까마득한 저 아래 계곡으로 차마고도에서나 본 듯한 협곡을 휘여도는 길들이 보이고, 짐승도 살기 어려워 보이는 가파른 산비탈에 옹기종기 모여 있는 마을들이 심심치 않게 보였다. 경작지의 폭이 2, 3m의 다랑이 밭들이 그들의 생명을 이어가게 하는 밀을 경작하는 유일한 농지다. 인간이 살아간다는 것이 모질다는 생각을 넘어 경외감까지 드는 히말라야 산촌의 풍경이다.

우리의 삶과 히말라야 산촌의 삶은 상상만으로는 비교하기 어렵다. 현지에서 보지 않고는 실감할 수가 없다. 계절은 산을 온통 초록으로 물들였고, 산촌의 다랑이 밀밭에도 생명의 물결이 싱그럽게 일렁이게 했다. 그림으로 보기엔 감탄밖에 할 수 없는 비경이라 하지만, 거기에서 삶을 영위하는 그들의 고난은 상상하기도 쉽지 않을 것이다.

나는 안나푸르나와 에베레스트를 비교하며 차창을 바라보았다. 같은 히말라야라 할지라도 지역마다 문화의 편차가 있다는 것을 알 수 있었다. 랑탕히말은 티베트 문화나 인도 문화가 덜 흡수된 순수

영혼이 자유를 만나다

네팔 문화를 간직하고 있는 곳이다. 토양과 산림이 상대적으로 조금 좋아보였으며 신에 의지한 삶에서 한 발짝 거리를 둔 삶을 살아가는 것 같아 보였다.

버스는 천상을 달리고 있었다. 고도를 거의 2000m 수준을 벗어나지 않은 채 고산의 능선을 가로지르고 있으니 천상길이라는 표현이 적당할 것 같다. 간을 저울질하며 버스는 곡예 하듯 달려 나아갔다. 동백꽃보다 더 크고 화려한 이 나라 국화 랄리구라스가 지천으로 군락을 이루고 있었는데, 모두 진홍빛 꽃망울을 활짝 터뜨리고 있었다. 히말라야 영혼들이 꽃으로 피어나 각혈하고 있는 것 같은 강한 메시지를 받았다.

멀리 설산이 아슴푸레 보이다가 숨기를 반복하며 우리의 여정을 더욱 설레게 한다. 꽃은 보이지 않으나 어디선가 천리향 꽃향기가 날아와 오감을 자극한다. 파란 하늘과 푸른 산정, 진홍빛으로 각혈하듯 피어있는 랄리구라스, 설레는 감성에 더욱 불을 지르는 천리향의 상큼한 향기, 이따금 보이는 하얀 설산들, 그 천상길을 흔들리는 버스와 하나 되어 히말라야 산정에 취한 듯이 나아갔다.

삶이란 무엇인가. 이렇게 아름다움에 도취되는 시간을 과연 얼마나 누려보았는가. 그리고 앞으로 살아갈 날에 얼마나 더 맞이할 수 있을 것인가. 지난날 산정에서 맞이했던 아름다운 날들이 파노라마처럼 나의 뇌리를 스쳐간다. 알프스의 몽블랑에서, 킬리만자로의 산

정에서, 백두의 천지에서, 안나푸르나에서, 에베레스트에서, 하얗디
하얀 설산과 파란 하늘, 그리고 명징한 별빛 아래에서, 자연의 비경
속에서 내 자신이 그들의 일부가 되어 함께 할 수 있었다는 벅찬 희
열에 감동의 눈물을 많이도 흘리지 않았던가.

나를 이 자리에 있게 해준 모든 인연들에게도 감사의 마음을 가져
보는 시간이었다. 살아간다는 기쁨을 이토록 강열하게 느끼게 해주
는 산정. 산을 좋아하지 않았다면 내 삶의 아름다운 날들의 절반은
잃고 살았으리라는 생각까지 든다.

부지런히 달려온 우리는 둔체에서 국립공원입장신고를 하고 또다
시 천상길을 내달렸다. 마지막 산정의 가파른 고갯길을 곡예하듯 내
려가니 오늘의 목적지인 해발 1460m에 위치한 사브루베시에 도착
하여 카라반의 마지막 여정을 내렸다.

예약된 로지에서 여장을 내리고 우리가 타고 온 버스는 돌아갔다.
내일부터 내 발로 걸으며 랑탕히말의 진수에 푹 빠져들 생각을 하니
마음이 한 걸음 더 앞서 나간다.

늦은 점심을 먹고 마을을 돌려보았다. 마을 뒷산의 언덕에 기도를
할 수 있는 조그마한 힌두사원과 불교사원이 함께 있었다. 산행 내
내 무탈하기를 기원하기 위하여 우리들은 정성을 모아 기도했다.

그곳에 마을의 소녀들도 여럿이 올라와 있었는데, 기도를 드리고
난 뒤 우리와 함께 정담을 나누다가 헤어졌다. 해맑은 얼굴에 명량

영혼이 자유를 만나다

한 소녀들이 행복해 보이기만 하였다. 행복은 아름다운 꿈을 꾸는 사람에게서는 더 맑은 행복으로 다가설 것이다. 이 첩첩산골에서 해맑은 웃음을 잃지 않고 살아가는 그 소녀들은 어떤 인생의 무지개 꿈을 꾸며 저렇게 밝게 살아가고 있을까. 보이는 것이 아름다운 히말라야이니 꿈 또한 아름다울 것이라는 짐작을 해볼 뿐이다.

마을 앞에는 온천이 있었으나 관리가 되지 않아 현지인들만 사용하고 있었다. 물의 온도도 높고 유황냄새가 짙게 베어 나와 온천의 질은 아주 좋은 것 같았는데, 관리가 되지 않는 것이 무척 안타까울 뿐이다. 하기야 관리가 잘 이루어지면 시장의 원리에 따라 현지인들에게는 온천욕을 할 수 있는 기회가 주어지지 않을지도 모를 일이다.

이제부터 불편을 즐겨야 여정이 즐거워질 것이다. 내일부터 시작되는 산행에 이것저것 준비할 것을 일행들에게 일러주고 잠자리에 들었다.

나는 나의 룸메이트와 호흡이 잘 맞아 아주 다행스럽게 생각한다. 룸메이트와의 사소한 신경전이 여정을 망칠수도 있기 때문이기에 서로가 세심한 배려와 예의를 지키는 것이 중요한 것이다. 자기위주로 고착된 사람을 만나면 마음이 어지러워 조용한 사색의 시간을 가질 수 없어 겉핥기식 여행으로 끝나기 십상이기에, 룸메이트와의 원활한 관계가 여행의 결실을 얻는데 중요한 변수가 된다. 이번 같이 신들의 땅이라 할 수 있는 히말라야에 들어온 경우, 신비로운 자연의 풍경을 들여다보는 것도 중요하지만 여기에서 살아가는 사람들의 정신세계의 내면을 들여다 보는 것 또한 중요하기에 더욱 그럴 것이라는 생각이 들었다.

3월 23일

아침에 일어나니 날씨는 쾌청하다. 고산에서는 아침식사와 점심식사는 나의 경험상 입맛이 좋더라도 과하지 않게 먹어야 한다. 대신 간식으로 칼로리를 보충하는 것이 몸이 가벼워져서 보행에 편하다. 고소증과 고산의 컨디션 관리에 꼭 필요한 식사방법이다.

그리고 하루의 일정을 끝낸 저녁에는 배가 좀 부르도록 먹어도 괜찮다. 저녁식사를 하고 잠자리에 들기까지의 휴식시간은 대부분 넉넉하니 소화할 수 있는 시간을 충분히 가질 수 있기 때문이다.

아침을 먹고 그렇게 기다리던 히말라야 품속으로 빨려 들어가듯이 상쾌하게 출발했다. 첫날이니 무리하지 말고 보행하라고 일행들에게 일러두었다. 마을을 나서자 원시림이 나왔다. 오월쯤이다 보니 실록이 싱그럽고 새로 돋아난 잎사귀들이 반들반들 윤기가 난다.

한 시간 정도 지나 도먼이라는 아담한 계곡 옆의 로지에 들어서니 저 멀리 설산이 보인다. 밀크티로 목을 축이고 일어서니 가파른 산

영혼이 자유를 만나다

길이 우리를 기다린다. 첫날이라 그런지 근육이 풀리지 않아 몸이 많이 무겁다. 그러나 싱그러운 대자연의 밀림 향기를 맡으며 협곡을 따라 걸어가는 랑탕히말의 길은, 세 번째 히말라야 산행인 내가 판단하기엔 아주 좋은 산길로 느껴졌다. 먼지도 나지 않고 낙엽이 적당히 내려앉아 걷기에는 아주 최상의 조건이다.

일행들에게 고산은 먼지가 많이 나니 마스크를 준비하라고 했던 내 말을 그들은 현재로서는 이해할 수 없을 것이다. 하지만 일행들은 공기는 맑은데 건조하다고 한다. 고도가 높은 곳의 공기는 대부분 건조하여 호흡기의 탈이 나기 십상이라고 주의를 주었다.

가파른 고개를 올라 계곡을 따라 계속 오르니 그 다음 로지가 포근한 풍경 속에 둘러싸여 아름답게 보인다. 정말 주변 풍경이 좋은 곳에 자리를 잡고 있었다. 멀리 보이는 풍경을 카메라에 담고 로지를 향해 부지런히 발길을 옮겼다.

드디어 아름다운 랜드슬라이드 로지에 도착하였다. 아름다운 로지를 그냥 떠날 수 없어 이곳저곳 둘러보고 점심을 먹을 밤부로 향했다. 울창한 원시림을 따라 완만하게 오르니 물소리도 청량해서 행복한 기분이 들었다. 역시 산이 좋긴 좋구나 하고 마음속으로 되뇌어 본다.

랜드슬라이드 로지

앞에 가던 부셰르파가 손짓을 하며 소리를 지른다. 무엇인가 하여 살펴보니 히말라야 석청(히말라야에서는 만병통치약이다)이 들어있는 벌집이 단애의 움푹 들어간 바위 아래에 새카맣게 달라붙은 벌떼들과 함께 여려 가닥으로 길게 매달려 있었다. 아마 로프를 매단다 하더라도 접근이 쉽지 않아 보인다. 벌들이 비를 피할 수 있는 바위절벽의 패인 자리에 벌집을 지어놓은 것이다. 말로만 듣던 석청을 오늘 직접 목격하였다는 사실 또한 히말라야의 진귀한 이야기가 될 것 같다.

참 아깝다는 말들을 나누면서 조금 더 올라가니 또 석청이 담겨진 벌집이 나왔다. 줄사다리가 매달려 있는 것을 보니 아마도 자주 사람들이 채취를 해가는 모양이다. 처음 본 것보다 사람들의 손길이 닿아서 그런지 크기는 조금 작아 보였다.

석청이 매달린 바위에는 선인장이 암산의 틈새에 사람 키보다 더 높이 군락을 이루며 자라고 있었다. 설산자락에 열대 사막에서나 볼 수 있는 선인장 군락이 있으니 설산과 대비되어 더욱 신비롭게 보인다. 설산과 선인장, 열대와 극한대를 동시에 바라보는 풍경에 산정의 묘미를 점점 더해 간다.

새로운 풍경을 번갈아 만나며 완만한 언덕을 지나 계곡에 맞닿을 무렵 밤부의 로지가 조금 넓은 계곡 옆에서 우리를 기다리고 있었다. 여기로 오는 길에, 카트만두에서 코사인 군도를 넘어 이곳 랑탕

석청을 생산하는 벌집

히말로 들어오는 한국의 젊은 여성 트래커를 만났다. 단독 등반, 그것도 여성 혼자서 포터 겸 셰르파와 일대일로 히말라야를 누비고 있는 참으로 다부진 사람이었다.

이번 여정을 끝내고 에베레스트로 들어간다고 하여 나는 2년 전에 다녀왔다고 하였더니 이것저것 질문을 던져온다. 랑탕히말은 초입에 불과하여 전체의 풍경을 아직은 짐작하기 어렵겠지만, 여기보단 많이 척박하고 웅장하며 시간이 정지된 쿰부 빙하의 태고의 울음을 들을 수 있을 것이라고 간단하게 설명해주었더니, 시간을 당겨서라도 빨리 가보고 싶다며 감사의 인사를 전한다.

밤부에서는 부산에서 가져온 라면으로 가벼운 점심식사를 하고 충분한 휴식으로 여유를 부린 뒤 린체로 발길을 옮겼다. 계곡의 출렁다리를 건너니 로지가 나오고 곧바로 가파른 언덕길이 이어진다. 오늘 구간 중 가장 체력이 많이 소모되는 구간으로 보인다.

어제 보았던 설산이 이젠 눈앞으로 서서히 다가선다. 날씨가 따뜻하여 눈은 많이 녹아내린 것 같다. 일행들과 나는 자주 쉬어가며 힘겹게 린체에 올랐다. 밀크티를 시켰더니 컵이 얼마나 큰지, 다 마시고나니 배가 부를 정도였다. 이 높은 로지에서 인심 한번 좋구나 하는 생각을 해보았다.

산을 오르는 사람, 산을 내려가는 사람 모두 '나마스테' 하고 정겹게 인사를 나눈다. 산을 좋아하고 오지를 좋아하는 좀 특별한 성향을 가진 사람들이라 눈빛만 보아도 마음을 읽을 수 있으며, 위로와 용기의 인사로 순간이나마 격려를 주고받는 것이다.

린체를 지나 협곡으로 돌아가니 수려한 계곡이 나오면서 오늘 우리가 여장을 내릴 로지인 라마 호텔이 눈에 들어온다. 호텔에 들어서니 먼저 온 외국인들이 여유를 즐기고 있었다. 산중의 호텔은 이름이 호텔이지 어느 로지나 다름없이 덩그러니 침대만 놓인 아주 좁은 방이다. 그래도 텐트에서 생활 하는 것보다는 나으니 산사람으로서 불평할 것은 못된다. 게다가 우리는 10명이 넘는 스텝들을 거느리며 우리 음식을 히말라야까지 가져와 먹고 있으니 조금 과장하면 황제 등반인 셈이다.

그러나 문명생활과 선진여행만을 즐긴 히말라야 초행자들은 자기도 모르게 불평을 늘어놓는다. 나는 늘 하는 말이지만 산중생활과 오지여행은 불편을 즐길 줄 아는 지혜가 있으면 그 여행의 절반은 성공한 셈이라고 말한다. 10여 일 정도는 세수는 물론 머리 감는 일, 발 씻는 일 등은 인내할 수 있어야 한다. 스스로 선택한 인내를 시험하는 길이니 그 정도는 당연히 각오하여야 산중에 들어올 자격이 있다 할 것이다.

그리고 그것은 고소증 예방에도 많은 도움이 된다. 고산은 공기가 건조하여 좀 씻지 않아도 마음이 개운치 않을 따름이지, 씻지 않아서 나는 특유의 냄새는 나지 않아 참고 견딜만하다. 유난히 깔끔을

영혼이 자유를 만나다

떨어 고산증에 시달리는 사례를 여러 번 보아왔으며, 나도 처음에 그랬지만 여러 번의 체험으로 터득한 것이다. 우리 몸은 자극을 덜 주고 가만히 두면 저절로 환경에 적응하는 것 같다.

라마 호텔의 주인은 맥주를 아주 좋아하는 사람이었다. 한국 사람의 술 인심을 알고 있는지 동선이 부딪칠 때마다 한잔하자는 흉내를 낸다. 싱긋 웃는 그의 모습이 밉지는 않고 하산할 때 다시 여기에서 묵을 예정이니 그때 한잔하자면서 우리도 재미있는 표정으로 화답을 했다.

히말라야 로지의 대부분은 가족이 함께 운영하고 있었다. 건기의 성수기가 되면 일가족이 산을 올라와 로지를 운영하고, 우기가 되거나 겨울에 폭설이 내리면 산 아래 집으로 돌아가는 생활을 반복하고 하고 있다.

히말라야 산중이나 우리의 현실이나 밥 먹을 형편이 되면 교육은 어디든지 최우선인 모양이다. 교육은 인간을 소통시키며 정보와 지식을 공유하게 한다. 특히 세계 각국의 등반객이 뿌린 달러가 주 수입원인 히말라야에서는 교육이 삶을 영위하는 최선의 방법이 될 수도 있을 것이다.

그래서인지는 몰라도 로지 운영자의 자녀들이 영어를 능숙하게 구사한다. 여행자들의 메뉴 주문은 아이들이 받고 음식조리와 관리는 어른이나 고용인들이 맡고 있었다. 세계 각국의 산사람들을 상대하며 로지를 운영하는 그들의 삶이 한편으론 재미있어 보이기도 하였지만, 다른 한편으로 보면 유목민 생활이나 다름없으니 힘겨운 생활일 것이라 짐작해 본다.

얼마 지나지 않아 산정에는 어둠이 내리고 협곡 위로 돋아난 별들은 밤하늘에 보석처럼 주렁주렁 매달리기 시작한다. 어디를 가나 북두칠성과 북극성, 삼태성이 가장 먼저 눈에 들어온다. 시계를 가지지 못했던 어려운 시절에는 삼태성이 시계 역할을 하기도 했고, 삼태성을 보며 집 떠난 가족들을 그리는 교감의 별이기도 했다. 우리 세대는 그러한 추억과 함께 청춘의 고통도 함께 간직하고 있는 별자리라, 그 별을 바라보노라면 젊은 날의 맑은 슬픔들이 가슴에서 일어난다.

나 또한 나의 청춘을 함께 한 별자리를 보면 어머님과 함께했던 지난날의 추억이 되살아나 지울 수 없는 그리움들로 감성이 정지되는 날까지 내 가슴에 자리하며 마음을 울릴 것이다. 싸한 밤하늘에 별똥별 하나가 땅으로 빠르게 내려앉는다.

3월 24일

어제는 사실은 몸이 무거워 마음으로 걸었다. 자고 일어나니 원시

영혼이 자유를 만나다

산림 덕분인지 몸도 마음도 개운하다. 아침을 가볍게 먹고, 로지의 주인에게 내려올 때 다시 들르겠다는 약속을 남기고 고리타벨리로 출발하였다.

출발과 함께 가장 먼저 협곡 가득 진한 천리향 향기와 랄리구라스의 정열의 붉은 꽃술이 우리를 기다린 듯 몸짓을 보낸다. 올라갈수록 기온이 내려가니 여기는 우리 계절에 비하면 봄이 무르익어가고 있는 사월 초입 정도 같았다. 오늘의 도착지 랑탕으로 들어가면 초봄에 가까운 계절일 것이라는 예감을 하면서 부지런히 발길을 옮긴다.

우거진 삼림을 벗어나려는 구간에서 아름다운 로지가 나타났다. 그러나 차를 마시는 사람도, 간식을 먹는 사람도 보이질 않고 로지만 아름다운 화원에서 쓸쓸히 우리를 맞이해 주었다.

로지의 주인은 무슨 변고가 있는지 아무 소식이 없어서, 우리는 쓸쓸한 로지에서 우리라도 쉬어가자며 통나무의자에 배낭을 내렸다. 눈을 들어 하늘을 보니 랑탕리룽이 그 웅장한 풍모를 하얗게 드러낸다. 오늘의 목적지가 바로 저 아래이니 오늘부터 설산을 가까이 하는 히말라야 여정이 시작될 것이다.

삼림을 벗어나자 시야는 거침없이 설산으로 눈길을 안내한다. 파랗게 돋아나는 초목과 하얗디하얀 설산, 그 위로 맑은 햇살을 받아 가물가물 피어오르는 하얀 구름, 참으로 탄성이 절로 나는 풍경들이다.

멀리서 바라본 랑탕리룽의 위용

연기처럼 설봉에서 하얗게 피어오르는 정겨운 저 구름들이 오후가 되면 인도양에서 밀려온 저기압과 부딪쳐서 시커먼 눈구름이 된다. 그리고 오후 3시에서 4시경이면 연중 대부분의 날에 눈이 내리는데, 그 눈은 다음 날 아침에 물감처럼 파란 하늘에서 여과 없이 쏟아내는 강렬한 햇볕에 녹아 협곡의 강물은 언제나 우렁차게 흐른다.

그러나 히말라야 저편은 눈과 비가 내리지 않는 불모의 땅이다. 그 불모의 땅 중 하나가 무스탕 왕국이다. 그랜드캐니언을 여러 개 옮겨다 놓은 것 같다는 장엄한 산맥과 협곡, 그리고 그 척박한 불모의 땅에서 문명을 모르고 살아가는 사람들의 순결한 영혼을 만나보고 싶어 지난 가을에 꼭 가보려고 다방면으로 연결하였으나 함께 할 사람을 만나지 못했다. 무스탕은 네팔의 관리를 대동하여야 하는 여행조건이 붙을 정도로 절차가 까다롭고, 여행경비도 만만치 않기 때문에 한 팀을 이루어야 부담이 줄고 안전할 것이라고 한다.

언제부턴가 육신을 오지에 던져야 마음이 편해졌다. 하지만 맑은 영혼들이 살아가는 오지에 들어오면 내 마음이 편해지는 이유가 방랑의 벽만은 아닐 것이라 생각한다. 눈부신 설산에서 일어나는 맑은 구름처럼, 영혼이 맑아야만 일어나는 원초의 그리움이 맑음의 결정체가 아닌가 싶다. 그 결정체들이 삶에 찌든 나의 육신을 잠시나마 쉬게 해주는 곳, 그런 곳이 심연에서 향수처럼 피어올라 나를 부르고 있는 것이니 어찌 방랑의 벽으로만 치부할 수 있을 것인가.

천리향의 향기가 끝날 무렵 길옆에서 눈을 뜨고 죽어 있는 야크 한 마리를 발견했다. 다리 하나를 바위틈에 헛디뎌 부러져 죽은 모양이다. 비록 짐승이긴 하나 사람을 위해 생을 바치다 죽은 야크가 안타까워 일행과 함께 내려가 눈을 감겨주고 기억 속에라도 묻어주고자 카메라에 담고 발길을 재촉하였다. 먹을 것이 귀하고 고기가 귀한 산촌의 사람들이지만, 사고나 스스로 죽은 동물은 먹지 않는다는 셰르파 꾸상의 설명을 들었다.

길옆에서 죽은 야크

척박한 고산에서 사람과 공생하는 야크는 고산에서는 없어서는 안 될 절대적 필요 가축이다. 만약에 야크가 없으면 사람이 살아가기가 어려울 것이다.

야크는 짐을 나르고, 똥은 말려서 귀한 연료로 쓰이며, 털은 매트로 짜여 양탄자보다 훨씬 비싼 값으로 팔려나가며, 젖과 고기는 보약 같은 양식으로, 가죽은 장신구로 이용되니 버릴 것이 하나도 없는 고산에서는 소중한 동물인 것이다. 그런 소중한 야크를 잃은 가난한 이곳 사람의 마음이야 오죽했으랴 싶다.

해발 3000m인 고리타벨리에 도착하니 점심으로 카레를 준비해 두었다. 입맛이 없던 차에 향이 진한 원산지 카레 덕분에 식욕이 되살아났다. 셰르파 꾸상에게 카레를 자주 좀 먹게 해달라고 부탁하였다. 맛이 있다는 표현이니 듣는 이도 기분이 좋은 모양이다.

점심을 먹고 과일로 후식까지 먹고 따뜻한 햇볕을 받으니 눈이 감긴다. 게으름이 나기 전에 출발을 서둘렀다. 마을을 벗어날 무렵 군대의 체크 포스트를 통과하였다. 이 산중에 치안이 유지된다는 것이 신기하기도 하고 다행스럽게도 느껴졌다.

이곳에 오기 전에 미국 여자 한 명이 실종되었다는 전단지를 보았다. 히말라야에서도 혼자 야간에 산행을 감행하는 것은 조심하여야 한다는 것을 지난번 에베레스트 하산 밤길에 셰르파에게 들었다. 만약에 강도가 강탈을 한 뒤 협곡으로 밀어버리면 흔적도 없이 사라지

는 것이다. 시체라도 찾아낼 수 있는 방법은 자연만 알고 있을 것이
라는 생각이 든다. 가끔 이처럼 맑은 곳의 맑은 사람들 중에도 짐승
만도 못한 인간이 하나씩 끼어있는 모양이다.

이젠 설산이 눈에 잡힐 듯이 가까워진다. 해발 3000m를 점심시
간 이후부터 넘어섰기에 이젠 보행속도도 많이 느려졌다. 저 멀리
룽다 깃발이 바람에 싱그럽게 펄럭인다. 오늘 묵을 랑탕의 따망족
마을이 눈앞에 선연히 들어온다. 피곤하던 발길에 초콜릿을 한입 깨
물고 다시 발길을 옮긴다.

곧이어 들어선 랑탕 마을은 산촌마을로는 제법 컸고, 랑탕2봉에
서 녹아내리는 물로 수력발전을 일으키는 작은 발전소도 있었다. 오
늘 저녁은 전기걱정은 하지 않아도 되겠다는 푸근한 마음으로 여장
을 풀고 식사를 준비하는 동안 마을을 둘러본 뒤, 환한 전등불빛 아
래에서 호사를 누리며 저녁을 먹었다. 그러나 예상과는 달리 초저녁
에 불이 꺼지고 우리들은 서둘러 잠자리에 들어야했다.

3월 25일

아침 일찍 일어난 나는 고소증을 전혀 느끼지 못하며 여유를 부리
고 있다. 고소증은 마음의 긴장에도 영향을 미친다. 랑탕의 로지가

눈사태가 일어난 마을

해발 3500m에 위치하고 있어서 초기 고소의 증상이 올 법도 한데 심장의 울렁거림도 없이 어젯밤을 편안하게 잘 보냈다. 룸메이트는 심장이 편치 않다 하여 내가 권한 돌팔이 고소증 약을 처방하여 먹였더니 그나마 견딜만했다고 한다.

고산등반은 경험이 중요하다. 고산의 사고사는 대부분 젊은 사람들이다. 물론 젊은 사람들이 도전을 많이 하니 사고율도 높겠지만, 체력의 자만심으로 인한 무리한 행동이 사고를 일으킨다. 고산수칙을 지키며 겸허하게 행동하는 것이 고산증 예방에 도움이 되는 것이다.

아침식사를 가볍게 하고 강진콤파로 발길을 옮긴다. 오늘의 목적지까지는 반나절 걸리며, 점심식사 후 캉진리는 체력에 여유가 있는 사람만 오르기로 했다. 마을을 조금 벗어나자 작은 마을이 나타났는데, 이상하게 이은 양철들이 길을 막기도 하고, 길 양옆으로 나뒹굴고 있기도 했다.

셰르파 꾸상이 앞서가다가 이 모습을 설명하였다. 어젯밤에 눈사태로 인한 폭풍으로 마을의 지붕들이 다 날아가고 사람이 세 명이나 죽어단다. 참으로 안타까운 일이다. 어제도 예외 없이 오후에 눈이 내려 사람들과 야크들이 지붕이 날아간 집에서 눈을 고스란히 맞고 고드름을 온몸에 내린 채 벌벌 떨고 있었다.

누구도 원망하지 않는 선한 눈망울을 마주칠 수 없어서, 눈이 쏟아져 내린 설산만 물끄러미 바라보며 애처로운 마음으로 발길을 재촉했다. 이렇게 위험하고 처참한 광경을 목격하게 된 것이 어제 길가에 눈을 뜨고 죽은 야크와 무슨 상관이 있는 것이 아닌가 싶어 마음이 더욱 아팠다.

지난밤 초저녁에 전등불이 갑자기 꺼져 의아하게 생각했는데 그 시간에 눈사태가 일어난 모양이다. 전신주도 나뒹굴고 있었기에 짐작할 수 있었다. 전신주라 하기에는 조금 미흡한 굵은 철 파이프이지만 눈사태의 위력을 실감하는 현장이기도 했다.

마을이 파괴되고 생명이 희생된 것이 이웃나라 일본의 지진과 더불어 자연 앞에 인간은 한없이 무기력한 존재라는 것을 새삼 깨닫게 하여주는 가슴 아픈 현장이다.

그러나 우리는 우리의 갈 길을 가야 한다. 가다가 저렇게 쓰러질지도 모르지만 그래도 가야 할 길은 가야 하는 것이 인생이나 등산이나 마찬가지 아닐까 싶다.

시시각각 설봉들이 형상을 바꾸면서 눈앞에 다가온다. 카메라 셔터가 바빠지며 숨소리 또한 가빠지기 시작한다. 우리 일행들은 발걸음이 점점 느려진다. 그러나 시시각각 다가서는 변화무쌍하고 신비로운 풍경들이 우리에게 새로운 에너지를 넣어준다.

일행 중에 안나푸르나를 다녀온 한 사람을 제외하고 모두 초행이라 감동은 갈수록 더해지리라는 짐작을 해보며, 그들의 마음을 자주

영혼이 자유를 만나다

엿보게 되는 것이 지금 내 마음의 일부이기도 하였다. 어쩌면 나보다 그들이 더 감동받기를 바라는 마음이기도 했기 때문일 것이다.

그렇게 고소와의 시름과 설봉들의 비경에 감탄을 보내며 캉진콤파에 올라섰다. 캉진콤파는 요새 같은 지형에 자리하고 있었다. 고산인데도 높은 설산들로 둘러싸여 사람이 살 수 있는 지형인 장풍득수의 전형이었다.

점심을 먹고 일행 중 체력이 떨어진 한 사람을 남겨놓고 캉진리로 올랐다. 국내산에서는 훨훨 나른다는 두 사람이 경쟁이나 하듯이 앞서가기 시작한다. 나는 천천히 오르자고 부탁하였으나 마음속의 경쟁심리는 가라앉힐 수 없는 모양이다. 분명이 무슨 탈을 낼 것이라고 짐작을 하면서 후미에서 주변의 아름다운 설산의 풍경을 즐기며 천천히 고도를 높였다.

캉진리는 내가 보기엔 에베레스트 칼라파타르의 축소판처럼 생겼다. 툰드라로 감겨진 봉우리는 눈이 전혀 없는 것은 물론이고 고도만 1400m 차이가 날 따름이지 풍속이 빠른 것도, 주변 설산의 지형도 거의 비슷해 보였다.

캉진리(4300m)에 오르니 룽다가 바람에 세차게 펄럭이며 우리를 맞이했다. 서쪽으로는 랑탕2봉(6581m)과 랑탕리룽(7248m)이 북으로는 안센지피크(6543m)와 동으로는 랜그쉬살피크(6310m) 남으로는 칸그체피크(6387m) 등의 준봉들과 그 위성봉들이 장엄하게 펼쳐져 있었다.

설산의 왕처럼 버티며 눈 폭풍 속에 서 있는 랑탕리룽에서 흘러내린 빙하의 협곡에는 시커먼 폭풍이 요동치고 있었다. 오늘 눈사태를 직접 목격하였기에 눈앞에 일어나는 대자연의 위력은 신비로움과 함께 공포로 다가온다.

도대체 저 속에서 무슨 일이 일어나고 있는 것인가. 그 소용돌이가 이곳까지 집어삼킬 태세다. 쉬지 않고 움직이는 자연의 몸짓은 비경을 넘어 경이로울 뿐이다.

북쪽의 저 설산을 넘으면 티베트라 한다. 장쾌하게 벋어나간 산맥들이 근육질로 용트림 하는 장엄한 풍경이다. 바람이 차고 거세어 경이로운 풍경을 남겨둔 채 하산길을 서둘렀다. 고소증을 느낀다는 두 사람이 또 앞서나간다. 고도를 빨리 올리는 것은 말할 필요도 없거니와 고도를 빨리 낮추는 것 또한 고소증의 원인이 된다.

하산을 거의 마무리 할 즈음 포터가 따뜻한 홍차를 가져와 우리들을 기다리고 있었다. 내가 예상했던 대로 두 사람은 고소증을 느끼는 모양이다. 홍차를 제대로 넘기지 못하고 반잔으로 끝낸다.

강진곰파의 로지로 돌아오니 예외 없이 많은 눈이 내린다. 눈까지 때맞추어 내려주니 대자연의 가없는 축복을 받는 기분이다. 캉진콤파의 신비로운 설원에서 함박눈의 축복이 우리들의 마음을 절정으로 끌어올린다. '오늘 이 행복을 주시는 신이시여! 감사합니다. 감사합니다.' 하며 혼자 중얼거렸다.

영혼이 자유를 만나다

캉진리에 오르다.

일행 중 한 명은 스프로 저녁을 대신하고 미리 잠자리에 들었다 한다. 무리한 행동은 반드시 고소증을 동반한다. 그로 하여금 대자연이 내려준 이 아름다운 축복을, 감동을 누리지 못하고 누워있으니 얼마나 안타까운 일인가. 대자연에 겸손하여야 자연이 주는 축복을 누릴 수 있다는 사실을 다시 한 번 마음에 새겨본다.

내일 내려가는 길에 아이젠을 신어야 할지 염려될 정도로 눈은 계속 내렸고, 강진곰파의 밤은 눈 속에서 아름답게 저물어 갔다. 만년설에 둘러싸인 신비로운 천상에서 눈 내리는 삼월의 밤을 맞이하고 있으니 그리운 이들이 하나하나 눈송이처럼 가슴에 쌓여만 간다. 이 아름다운 밤을, 신비로운 밤을 사랑하는 이들과 함께 하지 못하는 아쉬움이 짠하게 젖어 내린다.

3월 26일

축복이 하얗게 내린 설원의 아침이 밝아온다. 산을 다녀보면 우연찮게 축복을 받을 때가 있다. 특히 산행에 가장 중요한 일기가 그러하다. 이렇게 맑은 날이면 곧 일어날 새벽의 신비로운 일출의 영상을 보게 될 것이다.

햇빛을 받는 부분부터 만년설의 빛깔이 형언하기 어려운 모습으

영혼이 자유를 만나다

로 살아 움직이니 일행들에게 카메라를 준비하고 신의 연출을 기다리라고 일러두었다. 셰르파도 말해주지 않는 해 뜰 무렵의 자연의 경이로운 연출을 나는 값비싼 체험으로 알았지만, 그 경험을 일행들에게 알려주는 것은 큰 즐거움이다.

랑탕리룽의 웅장한 설봉부터 햇살이 들어가니 눈이 부시도록 황홀한 빛깔로 빠르게 그림이 그려져 나간다. 잠시 후 순서를 기다렸다는 듯이 희미하던 설봉들이 선명하게 일어선다.

순간적으로 일어나는 황홀경에 카메라가 바빠지고 모두 처음 보는 자연의 경이로움에 탄성을 지른다. 이내 협곡까지 내려온 맑은 햇살은 어제내린 눈마저 촉촉이 녹여주니 오늘 하산길은 염려와는 달리 먼지가 나지 않는, 그리고 습도도 최소한 유지시켜주는 길이라 걷는 행복을 더해 줄 것이다.

오늘은 이틀을 올라온 길을 하루 만에 소화하는, 라마 호텔까지 내려가는 긴 여정이다. 그러나 하산길이니 그리 걱정은 하지 않아도 될 것이라 여겨진다. 고소증이 없으니 걸음 하나는 다들 명장들이 아닌가.

가까이서 본 랑탕리룽

아침을 먹고 강진콤파와 이별을 서둘렀다. 집을 떠나온 지 6일째 맞이하는 날인데도 히말라야 사람이 다 된 것처럼 느껴진다. 히말라야의 품에 안겨 보면 짧은 시간이라도 오래 머물렀던 것처럼 느껴지는 현상은 누구나 같은 모양이다. 6일째를 맞이하는 아침인데 모두 몇 달이나 지난 느낌이란다. 우리의 일정이 12일이니 오늘 밤을 지내면 반환점을 돌아서는 것이다.

다음 목표인 코사인 군도는 일명 천상호수라 불리어지는 힌두교도들의 성지이며, 지구에서 가장 높은 호수라고 한다. 삼일을 지나면 천상호수를 볼 수 있다는 기대를 하며 내딛는 사뿐한 발걸음에, 어제 내린 눈이 아침햇살에 촉촉이 녹아 호흡하기에 한결 편안하게 해준다.

고산 등반을 해보면 대부분 우리나라 사람들은 발걸음이 바쁘다. 하산길은 바삐 갈 이유가 없는데도 몸에 밴 습성이라 어쩔 수 없다. 천천히 여유를 가지고 아름다운 풍경을 세세히 관찰하면서 대자연과 교감하며 여유롭게 걸어가면 여행의 소득 또한 느린 걸음만큼이나 더 얻을 자명한 일인데도 그냥 마음들이 바빠진다. 마음이 바쁘면 걷는 자의 눈에는 걷는 길밖에 들어오지 않는 것을 왜 모르는지 안타까울 노릇이다.

점심을 먹을 무렵 랑탕의 윗마을에 들어서니 이틀 전에 눈사태로 사망한 사람들을 화장하기 위하여 랑탕의 주변사람들은 화장터로

영혼이 자유를 만나다

다 모였는지, 집들은 텅텅 비워있고 뒤늦게 나서는 사람들은 장작을 조금씩 등에 지고 분주히 가고 있었다.

어쩌면 저들에게는 장작이 부조금일지도 모른다. 첩첩산중인데도 땔감이 귀한 것이 히말라야다. 고산의 척박한 환경에 나무가 잘 자라지 않기 때문에 땔감이 식량 다음으로 소중해 보였다. 그러니 화장하는 나무도 사람의 부귀에 따라 장작의 높이가 다르다고 한다.

우리 일행은 조금이라도 부조금을 전달하고 지나갈 생각을 셰르파에게 전하였으나 화장터로 사람들이 모두 갔기 때문에 사람 만나기가 쉽지 않을 것이라 한다. 삼일 만에 장례를 지내는 걸 보니 우연인지 모르지만 우리네의 삼일장과 비슷한 풍습 같다.

눈사태가 일어난 마을을 벗어나자 이내 올라올 때 숙박했던 랑탕의 로지에 들어왔다. 이틀 전 조금은 풍요로워 보이던 랑탕 마을이 오늘은 쓸쓸해 보인다. 밀크티를 한 잔 하고 바로 고리타벨리로 향했다.

죽음이란 산 자의 가장 큰 슬픔이며 고통이다. 다시 볼 수 없다는 것이 절망에 가까운 슬픔이 아닌가. 생로병사에서 벗어나고자 구도의 길을 택한 부처가 태어난 나라에서 생사에 잠시나마 몰두하게 된다는 것이 우연은 아닌 것 같다. 세상에 인연 아닌 것이 어디 있으랴 싶어 길가에서 우리를 맞이하며 피고 지는 봄꽃들에게도 감사함을 느꼈다.

이런저런 상념에 젖어 걷다보니 어느새 고리타벨리에 들어섰다. 부셰르파가 건네준 따뜻한 홍차와 순박한 그의 미소가 나의 쓸쓸한 마음을 거두어 간다. 그래, 여기서는 삶도 죽음도 잊어버리자. 오로지 히말라야의 풍경과 그 아름다움에 푹 빠져보자. 어쩌면 다시는 오지 못할 소중한 시간이 아닌가.

점심식사를 준비하는 동안 부엌이 어떻게 생겼는지 궁금하여 들어가 보았더니 연로와 시간 절약형으로 만들어진 아궁이가 먼저 눈에

히말라야의 부엌

들어온다. 우리나라 옛날 농촌 부엌처럼 한 아궁이에 불을 지피면 3개의 솥을 동시에 끓이도록 되어 있었으며, 굴뚝은 없고 천장으로 구멍을 뚫어 연기가 나가도록 되어 있는 아주 실용적인 구조였다. 우기에는 부엌의 습기를 제거하는 효과도 있고, 혹한기에는 부엌에서 일하는 동안 난방도 같이 해결되도록 되어 있었다. 흙이 귀한 곳이라 그런지 얼마나 신경 써서 발랐는지 반질반질 윤기가 났다.

부엌은 전반적으로 거실처럼 사용하는 다용도 공간이었다. 원초적 생활에 가까운 그들의 간결한 삶이라 생명을 이어가는 최소의 공간만 가지고 살아가고 있었다.

점심으로 입맛을 돋우는 카레라 조금 많이 먹었다. 하산길이라 보행에 부담은 없으리라는 생각에 조금 더 먹었더니 식곤증이 온다.

신비의 히말라야 품에 안겨 유유자적하며, 끼니때가 되면 쿠커들이 따뜻한 밥을 지어주는 이 여유로운 길 위의 자유야말로 산사람으로서는 최고의 행복이며 즐거움이라 할 수 있을 것이다.

며칠이 지나고 나면 나는 지금의 히말라야에 대한 그리움에 목말라 할 것이라고 생각하니 이 순간이 너무나 소중하고 감사하여 눈물이 난다. 마음에 깊이 담아두어 오래오래 우려먹으리라.

이제 오후 구간은 오늘 우리가 묵을 라마 호텔까지이다. 목도 칼칼해지고 호텔주인장도 빨리 만나고 싶다. 올라올 때보다 며칠이 더 지난 터라 천리향의 꽃향기도 더욱 진하고, 랄리구라스 빨간 꽃잎도 더욱 활짝 열려 있었다. 외딴 곳에 위치한 한적한 로지를 지나자 청아한 협곡의 물소리가 히말라야 봄의 정취에 물든 우리들의 마음을 더 흥겹게 해준다.

산정의 신비와 봄의 풍요로움을 마음껏 즐긴 하산길이 피곤에 지칠 무렵 라마 호텔에 도착하니 호텔주인장이 기다렸다는 듯이 우리를 반겨준다. 약속한 대로 맥주를 다섯 병이나 주문을 했더니 주인장의 입이 귀에까지 올라간다. 한 구간을 끝낸 성취감을 더한, 오랜만에 마셔보는 맥주의 짜릿함은 마음까지 시원하게 씻어 내렸다. 주인장은 자기 술인 양 세 잔을 연거푸 들이키더니 엄지를 치켜들고 나갔다. 이 아름다운 로지에서 맥주를 곁들인 맛있는 치킨 요리로 식사를 하고 나니, 밤하늘에서도 하나둘 별들이 불을 밝히고 있었다. 어느덧 라마 호텔의 뜰에도 보석이 쏟아져 내린다.

3월 27일

아침에 일어나니 기분이 상쾌하다. 오늘의 산행은 밤부를 지나 툴루사부루의 구간이다. 두 번째 목표인 코사인 군도의 여정에 접어드는 일정이라 마음이 설렌다.

대부분의 산사람들은 왔던 길로 되돌아 하산하는 것을 그리 달가

영혼이 자유를 만나다

워하지 않는다. 캉진콤파에서 밤부의 조금 아래까지는 올라왔던 길로 되돌아가는 길이니 아무래도 신선감이 떨어진다. 그러나 오늘은 새로운 툴루사부루의 여정을 맞이하니 마음이 벌써 앞서간다.

아침을 가볍게 먹고 출발하니 오늘부터 시작되는 코사인 군도의 천상호수로 향하는 발걸음은 한결 가볍기만 하다. 린체까지는 대자연의 풍경을 여유롭게 감상하며 평지에 가까운 완만한 내리막길을 걸어 내려왔다. 내려가니 봄은 점점 지나가고 초여름이 다가온다.

출렁다리를 건너 나무가 우거진 숲으로 들어오자 올라올 때 보았던 석청이 가득 찬 벌집이 나온다. 간간이 뚫린 원시림 위로 보이는 푸른 하늘은 파란 물감이 쏟아질 것 같기만 하다.

수정 같이 맑은 하늘은 파랗게 멍이 든 내 그리움의 색깔이기도 하다. 이런 아름다운 날에 행복한 마음이 일어나면 늘 그 자리엔 천상에 가신 부모님의 그리움이 샘물처럼 솟아오른다. 떠나신 이후로 나에게 원초적 즐거움은 이미 사라진 것이 아닌가. 기쁨도 행복도 그리운 아픔으로 나를 울리니 말이다. 얼마나 더 그리워하면 아픔이 없는 그리움만으로 그리워 할 수 있을까. 다음 세상이 있어 부모님을 다시 만난다면 코스모스 피는 들길을 어머니를 등에 업고 걸어보리라. 그리고 햇살이 내려앉은 따뜻한 풀밭에서 까만 머릿결을 곱게 빗어드리리라. 꿈결 같은 상상의 나래를 펼치며 걷고 또 걷고 한나절을 고단함을 잊은 채 그리움의 길을 걸었다.

밤보에서 점심을 먹고 개활지 바위에 드러누워 편안하게 쉬면서 지나온 협곡을 돌아보니 아득하기만 하다. 올라올 때는 아름다웠던 랜드사이드 로지로 향하는 우리의 발걸음은 또 바빠진다. 천상호수 속에 숨겨진 미지의 신비가 우리를 기다린다는 설렘이, 이렇게 마음을 즐겁게 하고 모든 것을 아름답게 보이게 하는 모양이다.

우리는 랜드사이드 로지에 도착하여 그림 같은 정경을 그냥 지나칠 수 없어 배낭을 내려놓고 밀크티로 목을 축이며 비경의 풍경에 흠뻑 취해 보았다. 한국 사람이 얼마나 많이 다녀갔는지는 모르지만 로지의 담벼락에 '어서 오십시오.' 라고 하얀 페인트로 선명하게 쓰여 있는 것이 정감 있게 다가온다.

랜드사이드 로지를 떠나면서, 올라올 때는 빼어난 풍경에 마음이 빼앗겨 제대로 보지 못했던 유황온천도 살펴보고 협곡에 내려서서 히말라야 혼이 담길 수석도 한 점 주워 배낭에 담았다.

수석을 수집하다 보면, 아무리 좋은 작품이라도 돈을 주고 수집한 것보다는 자기가 직접 탐석하여 수집한 작품에 애정이 더 간다. 그 이유는 탐석의 과정 속에 추억이 고스란히 담겨져 있기 때문이다. 그래서 나는 고된 여정의 길목에서도 포터에게 미안하지 않을 정도의 작은 돌을 한 점씩 가져와 그 돌을 보면서 산정의 추억을 곱씹곤 하였다. 술이 취한 어떤 날은 그 돌 속의 히말라야와 킬리만자로의 산신이 나를 만나려 나오기도 한다.

영혼이 자유를 만나다

협곡의 바닥에서 이젠 가파른 산 능선으로 직벽을 타듯 올라야 한다. 천천히 오르는데도 숨이 몰아친다. 길 양 옆으로 피어난 이름 모를 들꽃들과 싱그러운 초목들이 왜 올라가야 하는지 이유를 말하듯이 우리를 반겨주고 있었다.

산 능선에 오를 무렵 작은 로지가 나타났고, 할머니와 코흘리개 손자가 가게를 보며 로지를 지키고 있었다. 점심을 먹은 지 오래되지 않아 밀크티라도 한 잔 팔아주지 못한 것이 못내 아쉬웠다. 우리 일행들은 주머니를 뒤져 초콜릿과 사탕을 어린아이에게 건네주고 마지막 능선길로 접어들었다. 랄리구라스 고목나무들이 붉은 꽃을 주렁주렁 매달고 우리를 맞아주었다.

맞은편 파란 능선 위로 오늘 우리가 묵을 툴루사브루 마을이 눈앞에 들어온다. 능선 아래에서 볼 때는 로지만 있는 작은 마을인줄 알았는데, 가파른 산 능선에 제법 큰 마을이 자리 잡고 있었다. 셰르파 꾸상이 설명하기를, 한 부족의 중심 마을이며 랑탕이나 코사인 군도에서 로지를 운영하는 사람들의 대부분이 여기 사람들이라 한다. 겨울이나 우기가 되어 산을 찾는 사람이 끊어지면 틀루사부르의 본가에서 시간을 보내는 이곳 사람들에게는 삶의 베이스캠프인 셈이다.

협곡에 놓인 출렁다리를 지나 마을 어귀로 접어들자 가파른 산 능선이지만 맑은 물이 흐르고, 밀이 자라나고, 감자가 굵어지는 산비탈 경작지가 있어 사람이 살 수 있는 환경을 갖추고 있음을 보여주었다. 이웃을 다니는 길도 가파른 산길이니 저 많은 집을 짓는데 얼마나 많은 고통이 따랐으랴 싶다.

그리고 마을 앞쪽에 병원이 한 동 보였는데, 한국인 의사가 일 년에 두어 번 진료를 하고 약을 나눠 주고 간다는 꾸상의 설명에 자부심을 다시 한 번 느꼈다.

우리나라의 많은 젊은이들이 외국의 오지에서 젊음을 불태우며 봉사활동을 부지런히 하는 덕택으로 우리 국민이 외국에서 존경을 받을 수 있는 것이 아닌가. 그 대표적이 사례가 〈울지마 톤즈〉의 감동을 남긴 이태석 신부가 아닌가 싶다.

우리가 묵을 로지는 산 능선에 자리하여 전망이 아주 좋았다. 오늘 하루 지나온 협곡과 능선들이 저 멀리 보였고, 마을의 형세를 한눈에 볼 수 있는 가슴속마저 시원한 멋진 뷰포인트였다. 거기다가 이 나라 전통주인 락시까지 준비되어 있으니 참새가 어찌 방앗간을 피해 갈 수 있으랴.

히말라야 여자들에 대해 느낀 대로 설명하고자 한다. 시집을 가기 전 소녀들은 너무나 청순하여 부끄럼도 많고 눈빛이 수정처럼 맑다. 그러나 시집을 간 부녀들은 이성에 대한 수치심이 전혀 없었으며 외간남자를 두려워하지도 않는, 남자나 다름없는 삶을 살고 있었다.

남편들이 돈을 벌기위해 약초를 캐든지, 포터의 생활로 먼 길로 떠났든지, 그렇지 않으면 도회지로 돈벌이하러 가고 집을 비우기 때

문에 자연스럽게 아이를 양육하는 일과 집안을 꾸려가는 일은 부녀
자의 몫으로 여겨지고 있는 환경이 사람을 그렇게 무디게 만들어 버
린 모양이다.

　나는 마을도 둘러볼 겸 쇼핑을 하기로 했다. 상점이 있는 것이 아
니라 길가에서 집집마다 만든 수공예품과 이 나라 특산품 중 하나인
파수미나를 팔고 있었다.

　어머님의 부도에 걸어드릴 선물로 목걸이를 하나 고르고 파수미
나 목도리와 양털로 짠 덧신을 몇 켤레 구입했다. 평소에 불법계를
지키시며 스님처럼 살아오셨던 어머니셨기에 지난번에는 카트만두
에서 구입한 염주를 부도에 걸어드렸는데, 이번에는 조금은 화려하
지만 목걸이가 마음에 들어 어머니 부도에 걸어드릴 요량으로 구입
을 하고나니 가족들의 선물을 다 산 기분이라 마음까지 풍족했다.

　마을을 돌아와 일행들과 락시를 곁들인 저녁식사를 별빛이 내리
는 전망 좋은 로지 뜰에서 하니 세상에서 이보다 더 행복한 정찬이
또 있을까 싶다.

3월 28일

　툴루사부르를 출발하였다. 파랗게 돋아나는 산촌사람들의 희망인

밀밭 길을 돌아나와 마을 뒤 능선을 오르니 이내 꽃동산이다. 국내 산행 시는 바람처럼 날아다니던 나의 룸메이트 이 선배가 컨디션이 좋지 않다고 하여 말을 이용하여 오늘 일정을 소화하기로 했다.

말이 도착하지 않아 우리가 먼저 출발하여 마을 뒤 능선에 올라서니 저 아래 어젯밤 우리를 포근하게 안아준 로지가 까마득히 보인다. 언제나 느끼는 일이지만 사람의 걸음도 지나고 나면 참으로 빠르다는 생각이 든다. 산행 중에 소변을 보느라 잠시 뒤처지면 앞사람을 따라잡기가 쉽지 않다.

사실은 아침에 나도 말을 타고 히말라야 기상을 누려볼까 하다가 역시 길은 두 발로 걸으며 온몸으로 느껴야 이 땅의 온기와 그들이 살아가는 삶의 길을 제대로 알 수 있으리라는 생각에 그만두었던 것이다.

계단식 밀밭에서 벗어난 산 능선에는 짙은 구름이 드리워져 있었고, 가랑비가 내리고 있었다. 지천으로 피어난 천리향의 향기와 히말라야의 영혼들이 붉은 꽃이 되어 피어난 랄리구라스, 그리고 이름 모를 수많은 들꽃들, 거기에다 운무까지 더하여 천국의 화원으로 들어선 기분이었다.

말은 탄 이 선배가 즐거운 표정으로 뒤따라 올라왔다. 말이 힘이 부치는지 주둥이로 하얀 입김을 숨 가쁘게 솟아낸다. 말도 우리도 함께 쉬었다. 말먹이로는 옥수수를 자루에 넣고 다니며 말이 쉴 때

영혼이 자유를 만나다

마다 먹었다. 이 선배는 말이 안타까워 보였는지 먹다 떨어진 옥수수낱알을 부지런히 주워서 말에게 먹인다.

전신에 빗물이 흐르듯 땀을 흘리며 옥수수를 바싹바싹 깨물어 먹는 말이 안쓰러워 보였다. 짐승이 그렇게 땀을 흘리는 모습은 처음 보았다. 히말라야는 말이나 사람이나 고단한 삶을 살아가는 것은 마찬가지인가 싶은 마음이 든다.

이 선배는 말을 타보니 승마경험이 전혀 없었으나 타볼만 하다며 나보고 한번 타보라고 권유한다. 나는 말이 가여워 경사진 곳을 피하고 편안한 길에서 한번 타보기로 했다.

촐랑파티로 오르는 길은 화원의 연속이었다. 가끔씩 지리산이나 한라산에서 보아왔던 구상나무들도 여기에서 자생하고 있었다. 히말라야에서도 우리나라와 동일한 종의 식물들이 가끔씩 눈에 보였다. 어디에서 어떻게 어떤 경로로 전파되었는지 신기할 따름이다.

편한 길이 나오기에 말을 한번 타보기로 했다. 그러나 말을 타고 30여 미터를 나아가자 말이 가지 않고 서서 버틴다. 말몰이꾼이 고삐를 당겨도 갈 생각을 하지 않고 제자리에 서서 머리만 흔들고 있다. 말이 고단하여 거부하는 것을 알고 얼른 말에서 내렸다. 말이 참으로 영리하구나 싶다. 20여 킬로그램이나 가벼운 이 선배가 아닌 내가 갑자기 등에 올라탔으니, 말이 거부할 만도 했다. 하지만 말 자체도 건강상태가 좀 부실하여 보였다.

나는 아내에게 승마를 배우게 하여 이 신비로운 히말라야에 한번 동행을 할까 하고 여러 번 생각해 보았다. 그러나 경사가 가파르고 위험한 이곳에서 말을 탄다는 것 또한 위험하다는 사실을 이번에 알 수 있었다.

　세 시간여의 오르막길을 꽃들의 환영을 받으며 오르니 탁 트인 개활지가 나타났다. 그런데 갑자기 어린 소년 둘이 말안장도 얹지 않은 채 말을 타고 바람처럼 달려 나간다. 앞에 탄 소년은 말고삐를 잡고 뒤에 앉은 소년은 나무채찍으로 연방 말을 후려치며 잘도 달려 나간다. 그러다가 말 등에서 나뒹굴어도 금방 일어나 다시 말에 올라 달려 나간다.

　참으로 어린아이들이 가상하다는 생각이 들 정도로 말 타는 솜씨가 보통이 아니었다. 저 재미로 아이들은 여기에서도 살만하다는 생각도 들었지만, 저런 기상을 누리며 사는 아이가 도대체 몇이나 될까 싶기도 한 것이 히말라야 현실이다.

　가파른 능선을 조금 더 오르니 점심을 먹을 로지가 밀과 감자를 경작하는 밭의 중앙에 자리하고 있었다. 네팔 현지인이 운영하는, 지은 지 얼마 안 되는 로지였다. 통나무를 파서 만든 기타처럼 생긴 히말라야 악기를 치며 한 소년이 우리를 따뜻하게 맞이해 주었다. 이러한 작은 정성들이 고된 산행에서 아름다운 위로가 된다.

　점심으로 떡, 수제비, 감자를 넣고 끓인 음식을 모두 맛있게 먹었다.

　　영혼이 자유를 만나다

포터들과도 정이 들어 이젠 스킨십으로 서로의 마음을 전하며 친밀감을 가진다. 히말라야 식품 중에서 우리 입맛에 너무나 잘 맞는 것은 감자와 닭, 그리고 카레다. 감자는 단맛이 많이 나고 아무리 먹어도 질리지 않으며, 닭은 순수 우리의 토종닭 맛이라 쫄깃쫄깃하고 냄새가 나지 않아 무슨 요리를 하여도 맛이 있다. 그리고 카레는 향이 진하고 빛깔이 선명하고, 맛 또한 한국의 카레와 비교가 되지 않을 정도다. 이 세 가지 음식을 먹고 싶은 대로 먹으니 큰 행운이다. 장기간 여행을 하면서 맛있는 음식을 먹는다는 것은 얼마나 행복한 일인가.

게다가 쿠커들이 우리 입맛을 꽤 뚫고 있는 것처럼 입맛에 거슬리는 음식은 아예 식탁에 올려놓지 않는다. 그리고 요리솜씨 또한 한국보다도 더 한국적인 맛을 내어주어 고단한 산행에 입맛을 돋우어 주니 이 또한 얼마나 행복한 일인가. 산정생활이라 하더라도 우리처럼 진행을 하면 귀족 산행이라 해도 좋을 것이다.

점심을 맛있게 먹고 주방으로 들어가 보니 소박하고 정갈하게 꾸며져 있었다. 그곳에는 두 쌍의 중년부부가 오손도손 이야기를 나누며 연신 웃음을 짓는다. 그리고 그들 옆에 앉아있는 한 소녀가 유창한 영어로 우리를 맞이한다. 나이를 물으니 21살이라 한다. 꿈 많고 수줍음 많은 이제 갓 피어난 히말라야 들꽃같이 청순해 보이는 앳된 아가씨다. 옷의 매무새와 손발을 살펴보니 소녀의 예쁜 얼굴과는 달리 집안 형편이 그리 넉넉하지는 않아 보인다.

소녀의 맑은 두 눈을 바라보며 한 가지 기쁜 결정을 하였다. 집을 떠나올 때 가져온 아버지와 어머니의 유품인 금장시계를 히말라야 소녀에게 주리라는 결정을 한 것이다.

어머니의 시계를 주고 갈 생각으로 시계를 가져와 다시 부엌으로 들어갔으나 셰르파와 포터의 눈치가 보여 함부로 줄 수가 없었다. 히말라야에서는 시계가 큰 선물 중에 하나라 하니 자기들도 은근히 바랄 것 같아 그들의 마음을 편하게 하기위한 생각에 눈치를 보게 되었다.

일행들이 모두 다 촐랑파티로 출발하고 난 뒤 부엌에 다시 들어갔으나 아직도 셰르파는 남아 '사장님, 빨리 출발하십시오.' 하며 나의 심정도 모르고 길 독촉을 한다. 인연이 아닌가 보다 하고 마음을 접고 걸음을 서둘렀다.

빠른 걸음으로 본대에 합류하고 아쉬운 마음에 뒤를 돌아보니 부엌에 있던 두 부부 중 한 부부와 그 소녀가 짐을 메고 우리의 뒤를 따라 열심히 오르고 있었다. 셰르파에게 물어보니 부부는 촐랑파티 마을까지 가고 그 소녀는 오늘 우리가 묵을 라우리비나 로지의 딸이라 우리와 같이 동행하여 산을 오를 것이라 한다. 그 말을 들으니 어머니 시계를 선물로 줄 주인이 확실히 결정된 것 같아 인연은 인연이다 싶었다.

영혼이 자유를 만나다

히말라야 소녀 러무(오른쪽 첫 번째)

나는 부담 없이 주려고 방법을 찾아보았다. 얼마나 올랐을까. 금세 그들이 우리를 따라왔다. 셰르파 꾸상이 28살의 총각이고 그 소녀는 21살이니 인연을 한 번 만들어 주자는 생각이 들었다. 먼저 꾸상에게 저 소녀가 마음에 들면 소녀에게 뜻을 전하겠다 하니 입이 함박 벌어진다. 그 다음 그 소녀에게 꾸상이 어떠냐고 물어보니 핸섬하다는 대답이 돌아왔다.

나는 즐거운 마음으로 그 내용을 공표하자, 포터들이 괴성을 지르며 박수를 치며 모두 난리법석이다. 나는 그들에게 만약에 이 인연이 결혼으로 이어진다면 한국으로 신혼여행을 오라고 하면서 숙소와 식사는 내가 부담하겠다고 하며 미리 선물로 시계를 줄 것이라 하자 여기저기서 환호가 터져 나왔다. 나는 이때다 싶어 시계를 얼른 꺼내어 그 소녀의 손목에 채워주었다. 소녀는 갑자기 일어난 일에 어쩔 줄 몰라 하며 상기된 얼굴을 치마폭에 묻는다.

화원의 산정에서 아름다운 이야기를 만들어 가며 웃음소리가 끊어지지 않는 꽃길을 올라가니 고단한 줄도 모르고 촐랑파티까지 왔다. 나는 그 소녀의 이름을 물었더니 러무라 한다. 그리고 촐랑파티의 로지가 그녀의 친구네 집이었으며, 나를 코리아 파파라고 친구에게 소개를 한다. 갑자기 히말라야에서 귀한 딸을 하나 얻은 셈이다. 어머니의 시계가 이런 고운 아가씨와 함께하며 인생의 꿈을 키워가는 한 소녀에게 귀중한 시간을 알려 줄 것이라는 생각에 나도 그 소녀처럼 마음이 기뻤다.

 촐랑파티의 로지에서 밀크티를 한 잔 마시고 이런저런 정담을 나
누다가 이내 출발하였다. 고도를 점점 높이니 이젠 숨이 차오르고
발걸음이 무거워진다. 날씨는 아침에 가랑비가 오더니만 오후는 자
욱한 안개가 시야를 가로막는 바람에 바닥의 돌계단만 보며 열심히
오르고 있다. 날씨가 맑았다면 히말라야의 장엄한 풍경을 감상하며
올랐을 길인데 그러지 못하니 아쉬움이 많이 남는다.

 히말라야 소녀 러무는 등에 짐을 지고도 깡충깡충 춤을 추듯 잘도
오른다. 나에게 받은 시계가 너무 마음에 들고, 그 기쁨을 준 반가운
손님들이 자기 집에서 오늘 묵을 것을 생각하니 발걸음에 흥이 나는
모양이다. 아무리 따라 가려 해도 오버 페이스가 될까 걱정이 될 지
경이다.

 이젠 키가 큰 나무는 보이지 않고 백두산 들쭉나무 비슷한 앉은뱅
이 나무들만 보인다. 숨이 턱에 걸리는 것으로 보아 고도도 많이 높
아진 것 같다. 고산에는 바람이 세차게 불고 눈이 많이 내리니 키가
큰 나무는 자라지 못한다. 원래 키가 큰 만병초 나무가 백두산에 올
라보면 한 뼘 정도로 자라있으며 그것도 생육시기가 일 년에 두 달
정도여서 눈이 녹으면 꽃을 일시에 피어내어 천상의 화원을 이루는
것을, 겨울이 채 끝나기도 전인 6월 말에 나는 백두산에서 목격한
바가 있다. 같은 종의 식물이라도 이렇게 생태의 영향을 받아 변이

를 일으키는데, 인간인들 자연의 섭리를 피해갈 수 있으라 싶다.

러무를 보면서 저런 총명하고 예쁜 아이가 히말라야에 태어나지 않고 문명의 세계에서 태어났다면 그들이 그리는 세상은 분명 다른 세상이었을 것이라 생각하니 너무나 가여운 생각이 든다.

초목의 생육지대의 한계를 벗어나자 몸은 지칠 대로 지쳐온다. 드디어 고도 3930m의 라우리비나 로지가 안개 속에 어렴풋이 보인다. 모두 피곤하며 허기도 느꼈다. 우리가 묵을 러무의 로지는 아직 100m 정도 남았다.

100m를 남겨놓고 피곤과 허기가 몰려와 초입의 로지에서 빵을 사서 먹었는데, 그 맛이 배가 고픈 탓도 있지만 아주 좋았다. 히말라야 밀이 우리의 토종 밀처럼 고소하여 빵맛이 한결 좋았던 것같다. 이제까지 점심으로 가끔 먹은 히말라야 밀로 만든 수제비도 쫄깃하고 구수한 것이 입맛에 맞았다.

큼직한 빵이 순식간에 배에 들어가니 다시 생기가 난다. 러무의 집인 로지에 도착해보니 코사인 군도 베이스캠프라고 적혀 있었다. 코사인 군도로 오르는 마지막 로지인 것이다.

로지에 들어서니 러무가 즐거운 표정으로 우리에게 밀크티를 가져왔다. 우리는 낯설지 않는 기분으로 방을 배정받고 집 안을 이곳저곳 둘러보았다. 이 집 역시 딸만 여섯이라고 한다. 그중에 둘째딸인 러무가 손님들의 메뉴주문을 받아오면 언니와 동생들이 음식을

영혼이 자유를 만나다

만들고 나르는 일을 분담하며 로지를 운영하고 있는 것이었다.

러무는 이 집안이 생존하기 위한 선택으로 교육을 받은 것 같이 보였다. 외국인들과 영어를 거침없이 구사하며 4000m 산정에서 가족을 부양하는 히말라야 소녀 러무가 정말 대단해 보였다. 저렇게 생활력이 질긴 아이들이 내 나이의 눈에는 그냥 보이지 않는다. 문명의 혜택을 받아 고생을 모르는 우리나라 아이들의 현실을 돌아보면 이런 아이들이 보물처럼 보인다.

산정은 아직도 안개에 쌓여 시야를 내어주지 않는다. 살이 쫀득한 히말라야 돼지고기로 두루치기한 저녁을 맛있게 먹었다. 일행 중 두 명은 식욕을 잃었는지 밥그릇을 비우지 못한다. 고산증을 제대로 실감하고 있을 것이다. 나는 여러 번의 고산경험으로 컨디션을 잘 유지해 나가고 있는 편이다.

카메라에 부지런히 풍경을 담아가며 늘 한발 뒤처져 가는 나를 그들은 힘겹게 따라오고 있는 것으로 보였을지 모르지만, 로지에 들어서면 정반대가 되니 이상하게 여겼을 것이다. 천천히 걸으며 여유를 부리는 나의 행동이 그들도 곧 이해하게 될 것이다.

산에 오르기만 하면 경쟁심리가 발동하는 산사람들의 심리를 비우는 일이 어디 쉬운 일은 아니질 않는가. 나 자신도 여러 번의 고산경험이 여기까지 끌어올린 결과라 여겨진다.

고산에서는 육신을 갑옷처럼 보호해주던 이름에 덧씌워진 허명들은 아무런 도움을 주지 않는다. 오직 자기 자신만이 자기를 지킬 수 있을 뿐이다. 육신을 감쌌던 속세의 영욕을 빨리 털어내고 산 중의 불편을 받아들이고 인내하는 것만이 즐거운 산중생활의 첫걸음이라 할 것이다. 그것이 한 번의 고산경험만으로는 쉽게 익힐 수 없을 것이다.

대자연의 품안에서 이런 생각마저도 어쩌면 낭비라는 생각이 든다. 선택받은 아름다운 시간을 마음껏 누리고 가슴으로 가득히 채워 가리라. 내일의 날씨가 좋아지기를 기대하며 마음은 이미 코사인 군도의 천상호수에 떠 있는 듯 잠이 잘 오질 않는다.

3월 29일

오늘은 산정의 마지막 일정이며 구간 또한 하루 종일 일정이다. 새벽 4시에 일어나 라면으로 간편하게 식사를 하고 코사인 군도로 출발하였다. 오늘은 극한 지대에서 아열대 지대까지의 기후를 하루에 소화하는 아주 힘든 여정이 될 것이다.

일단은 동절기 장비를 착용하고 출발을 서둘렀다. 히말라야 신들은 우리를 외면하지 않았다. 하늘에는 별이 주렁주렁 매달렸고 사방의 운무는 깨끗이 사라졌다. 곧 어둠을 뚫고 솟아오를 설봉들을 생각하며 한 발짝 한 발짝 기도하는 마음으로 산정을 오른다.

영혼이 자유를 만나다

시간이 얼마나 흘렀는지 별이 사라진 파란 하늘과 맞닿은 설봉의 등고선이 서서히 드러나기 시작한다. 저 멀리 안나푸르나, 마나슬루, 보우다피크, 랑탕리룽, 그리고 그 위성봉들이 새벽의 어스름을 뚫고 마치 살아 움직이듯이 경이로운 모습으로 솟아오르고 있다. 드디어 아침햇살이 높은 봉우리부터 찾아드니 설봉들이 솟아오르는 속도가 빨라진다. 가만히 서 있어도 우리도 같이 움직이는 그런 전율을 느끼는 시간이다.

동이 트는 장엄한 히말라야 산정의 비경을 보다가 오르다가 하기를 반복하며 코사인 군도 첫 성지에 올라섰다. 네팔 힌두교도와 불교도들도 코사인 군도를 순례하는 것이 그들의 소망이라 한다.

나는 부처님 제단에 엎드려 두 손에 얼굴을 묻고 '어머니.' 하고 나직이 불러보았다. '부처님, 우리 어머니도 이곳처럼 아름다운 천상에 계시겠지요. 그리고 저를 이곳으로 불러주셔서 감사합니다.'라고 부처님에게 간절한 내 마음을 전해 드렸다.

생전에 부처님의 계율을 따르시려고 무척이나 마음 쓰셨고 부처님의 제자들을 보시면 비록 동자승이라 하더라도 90도에 가깝도록 노구를 굽히며 합장하시던 어머님 모습이 오늘따라 저 구름 위에서 나를 반겨 주시는 것 같다. 가셔도 가시지 않고 늘 나의 곁에 계시는 어머니, 이렇게 좋은 시간이면 마음속에 솟아나는 그리움은 육신을 내리는 날까지 멈추지 않을 것이다.

운해 위로 솟아오른 설봉

성지의 첫 관문을 지나고 나니 절벽 저 아래로 코사인 군도 호수가 빙설에 일부가 덮인 채 조용히 자리를 지키고 있었다. 수많은 순례자의 마음을 담은 듯 성스러운 자태로 영속의 시간을 지키고 있었다.

이 길로 곧장 넘어가면 카트만두까지 산정길이 이어진다고 하니 시간이 허락한다면 그 길로 여유롭게 넘어와도 좋을 것이라는 생각이 든다.

지구에서 가장 높은 천상호수를 배경으로 사진을 찍고, 오늘 갈 길이 아득하여 서둘러 로지로 발걸음을 돌렸다. 날씨가 화창하여 안개까지 개이니 내려오는 능선길은 사방이 설봉에 둘러싸인 경이로운 비경이 드러나 탄성이 절로 나온다.

로지에 도착하여 삶은 감자와 계란으로 요기를 하고 밀크티를 한 잔 마시니 몸이 풀리면서 기운이 다시 솟는다. 코사인 군도를 오르지 않은 일행 한 분이 먼저 출발을 하였기에 우리도 서둘러 하산길에 올랐다. 히말라야 소녀 러무는 로지 앞마당까지 따라 나와 '코리아 파파, 굿바이!' 하며 두 손을 흔들며 작별을 아쉬워한다. 우리들도 그녀가 보이지 않을 때까지 손을 흔들어 주었다. 짧은 시간의 만남이지만 풀꽃 같은 그녀의 모습은 오래 오래 추억의 꽃밭에서 히말라야와 함께 맑은 향기로 남을 것이다.

둔체로 가는 오늘 여정은 고도를 계속 내리는 길이니 호흡이 아주 편하다. 촐랑파티 로지에 내려와 락시를 한 병 주문하고 산 능선에

영혼이 자유를 만나다

코사인 군도의 여러 호수 중 하나

마련된 로지의 야외식탁에서 대자연의 풍광과 한 몸이 되어 한잔 기울이니 천상에 몰입된 꿈같은 기분이다. 인생이 한바탕 꿈이라면 지금은 천상에서 꿈을 꾸고 있는지도 모를 일이다.

신콤파로 길을 접어드니 하늘을 찌를 듯이 울창한 아름드리 구상나무 숲들이 완만하게 펼쳐져 또 다른 히말라야 매력에 우리를 감탄케 한다.

산행의 마지막 날은 피로가 누적되어 몸은 많이 지쳐 있지만 육신에 덧칠한 군더더기가 완전히 떨어져나간 마음은 한없이 맑고 가볍다. 이 맑은 시간이 그리워지면 또 다시 배낭을 꾸리게 될 것이다.

천리향의 상큼한 향기와 구상나무 은은한 목향과 비에 젖은 대지에 낙엽까지 알맞게 깔린 숲길에다 락시의 기운까지 빌린 우리들의 발걸음은 너무나도 가벼웠다.

락시의 기운이 끝날 무렵 신콤파에 내려와서 잠시 머문 로지는 이번 여정에서 보지 못했던 특급산장이었다. 에베레스트 길목의 상보체 언덕에 자리 잡은 세계 최고의 호텔인 에베레스트 뷰 호텔 같은 느낌을 받았다. 비록 점심 한 끼를 먹고 떠나는 로지지만 셰르파 꾸상의 배려에 고마움을 느꼈다.

점심을 먹고 로지를 나오니 이젠 날씨는 초여름에 접어든 것 같다. 불어오는 바람에 천리향이 바람을 타고 벌과 나비도 사뿐사뿐 날아오르며 온갖 꽃들이 만개하여 교태를 부린다.

설산은 이미 사라지고 시야는 싱그러운 실록이 산을 덮어 우리의 오월을 연상케 한다. 극한대에서 초여름까지 오늘 하루 동안에 그 변화를 모두 다 목격하는 여정이라 히말라야 식물원을 걷는 기분이라 하면 이해에 도움이 될까 싶기도 하다.

열두 시간 가까이의 하산길에 때로는 돌계단을 스틱에 의지하다시피하며 내딛는 발걸음이었기에 이젠 무릎에도 조금씩 무리가 온다. 나는 이 길을 선택하여 온 것이다. 그러나 오늘도 이 길을 선택하지 않는 삶의 짐을 메고 올라가는 히말라야 사람들을 생각하며 한 발짝 한 발짝 스틱을 찍으며 발길을 옮겨본다. 스스로 들어선 길과 타의에 의해 끌려가는 길은 분명 차이가 있을 것이다. 생이란 선택하지 않은 길도 삶을 위하여 가야 하니 어찌 할 것인가.

저 아래 계곡에서 물소리가 들리면서 아담한 로지가 우리를 맞아준다. 이젠 다 왔다 싶기도 하여 로지로 흘러내리는 맑은 물에 얼굴을 씻고 양치도 하고나니 피로가 조금은 가신다.

아무리 내려가도 보이지 않던 계곡이 드디어 나타났다. 계곡을 따라 걸어가는 발걸음은 무척이나 가벼웠다. 언제 그러했나 싶을 정도로 피로는 싹 가시면서 앞으로 남은 쫑파티를 생각하며 셰르파도 쿠커도 포터도 엉덩이를 신명나게 흔들어 되는 모습이 계곡의 실록과 어우러져 웃음이 넘치고 싱그럽다. 우리들도 랑탕히말과 코사인 군도 두 구간을 등반한 성취감이 더하여 사실은 그들보다 더 흥겨워하고 있다.

계곡이 거의 끝날 무렵 인도인이 운영하는 로지에 들르니, 초막으로 지은 정자에다 모내기를 한 무논까지 우리의 산골 같은 익숙한 풍경이었다. 품팔이 나온 아버지와 신발도 신지 않는 어린 아들 부자가 바위를 깨고 있었기에 우리는 주머니를 다 뒤집어 남은 초콜릿과 사탕을 그들에게 주었다. 밀크티를 한 잔 마시고 나니 갑자기 눈이 감길 만큼 피로가 몰려온다. 이젠 집도 그리워진다.

30여 분을 걸어 나오니 둔체가 보인다. 제법 큰 소도시이다. 우리의 기나긴 여정도 서서히 막을 내리고 있는 것이었다. 로지에 도착하니 카트만두에서 보낸 물고기로 쫑파티를 마련해 두었다. 셰르파 꾸상에게 그동안 불편 없이 도와준 진행에 고마움을 표시하고 팁도 여행사에서 귀띔한 금액에다 덤으로 더 얹어 주었다. 그리고 나는 준비해간 시계를 선물로 주니 고개를 꾸벅이며 연신 고마움을 표시했다.

내일은 차량으로 카트만두까지 이동을 하기에 사실상 산정의 모든 일정이 오늘로써 마무리된 셈이다. 산행을 이끈 나로써도 마음의 짐을 내리고 락시에 푹 빠져 들었다.

나에게는 또 하나의 특별한 날이다. 히말라야 3대 트래킹 코스를 끝맺는 날이니, 내 인생에서 어쩌면 히말라야의 마지막 밤을 맞이하고 있을지도 모르니, 시작은 가슴이 설레지만 마감은 성취감과 아울

영혼이 자유를 만나다

러 아쉬움 또한 지울 수 없다.

안나푸르나 라운딩과 마차푸차레에서의 경이로운 새벽의 신비에 젖어 다시오리라던 그 설렘을, 이젠 그리움으로 회상의 시간에 묻어야 할 것 같다. 끝남은 또 다른 시작이라 하였는데 히말라야처럼 무궁무진한 신비로운 비경이 또 있으랴 싶다.

3월 30일

아침에 일어나 이젠 떠나야 할 히말라야 산속을 바라보며 아쉬운 마음으로 마을을 돌아보았다. 포터들은 분주하게 어젯밤에 도착한 차량에 짐을 싣고 있었다.

아침식사를 서둘러 하고 빠진 짐이 없는지 확인하였다. 여러 날을 산정에서 보내고 버스에 몸을 실으니 감회가 새롭다. 카리키스탄까지의 천상길을 우리는 다시 돌아가는 것이다.

저 멀리 설봉들이 작별을 하듯 구름 위로 솟았다. 다시는 못 올 것만 같은 예감에 코끝이 찡하다. 차는 이내 천상길로 접어들었다. 며칠사이에 완전히 무르익은 신록과 노란 유채꽃 물결들, 무리지어 산정을 뒤덮은 랄리구라스의 핏빛 물결, 다락 밭을 일렁이는 생명의 물결들, 이 모든 것이 그리움이 되어 밤잠을 설치는 날이 또 올 것이다. 그래, 그런 날이 오면 또 다시 오리다.

　까마득한 협곡 아래로 마을과 마을을 이어주는 생명선들이 거미 줄 같아 보인다. 그렇게 달려온 길이 카리키스탄을 지나자 이내 바나나 농장들이 나타나며 풍요로운 아열대의 풍경으로 변하면서 우리의 마음마저 여유롭게 한다. 수량이 풍부한 지역인 수력발전소를 지나서 들어온 첫날에 묵었던 트리슬리에서 점심을 먹기로 했다.

등산후기

　랑탕, 코사인 군도 지역은 히말라야의 또 하나의 숨은 보물이었다. 훼손되지 않는 원초의 비경이, 그리고 타 지역보다 땅과 수량이 조금은 풍부하여 히말라야 특유의 척박함이 아닌 제법 풍요를 느낄 수 있었다. 지나가는 풍경이 아름답고 풍요로워 이런 곳에서 리조트나 하나 지어서 우리의 각박한 현실에서 열심히 살아가는 사람들이 편하게 히말라야 비경을 느낄 수 있었으면 좋겠다는 생각이 들었다. 게다가 히말라야의 천상길을 자동차가 들어가는 곳까지라도 보고 느끼고 쉬어 간다면 그들의 일상이 얼마나 풍요롭게 될까 하는 생각마저 든다.

　또한 이곳을 다녀간 사람들이 얻은 여유로운 마음을 모아 이 나라

　　　　　　　　　　　　　　　　영혼이 자유를 만나다

의 어려움을 겪는 사람들, 특히 어린이를 돕는 일을 할 수 있다면 얼마나 보람될까하는 생각도 해 보았다.

히말라야 3대 트래킹 코스 중 랑탕 지역이 히말라야 비경을 고스란히 간직하면서도 그래도 쉽게 접근할 수 있으면서, 조금은 풍요로워 사람이 살만한 곳이라는 생각에 이런 마음까지 가져본 것이다.

한국인의 심연에는 광야를 누볐던 유목민의 피가 흐르고 있는 것 같다. 등산 문화가 짧은 시간에 들불처럼 번져나갔으니 이에 대답이 될 것이다. 나 역시 한 자리에 오래 머물러 있지 못하여 20여 차례 이사를 다니며 새로운 곳에서 새로운 생활을 갈망했던 지난날을 뒤돌아보면, 초원을 찾아 가축을 몰고 떠돌아다니는 유목민의 생활과 무엇이 다를까 싶다.

저 하늘에 구름처럼 걸림 없는 자유를 누렸던 행복도 길 위에서 가졌다. 그러니 이 방랑의 습성만은 버려지지 않을 것만 같다. 산정을 노래하고 바람을 노래하고 별을 노래하는 것보다 즐거운 일이 또 있으랴 싶다. 산을 사랑하는 사람들이라면 히말라야를 꼭 다녀오라고 필히 권유하면서 랑탕, 코사인 군도 등반기를 맺는다.

맺음말

먼저 이 책을 출판하기 전 멀리 경남 양산까지 찾아와 진솔한 마음으로 출판의 용기와 기회를 주신 이영철 청어출판사 사장님과 편집을 맡아 세심히 살펴주신 방세화 팀장님, 그리고 출판사 관계자 여러분께 진심으로 감사를 드린다. 청어출판사가 나의 하산을 마무리하였으니 그 고마움을 어찌 잊을 수 있으랴.

"고산에 오르는 일은 또 하나의 그리움을 나에게 낳게 하였다."

오롯이 비워낸 육신에 담아본 낭만, 희열, 감사, 그러한 감동의 행복들이 맑은 그리움이 되어 향수처럼 파랗게 가슴에 살아있다. 일상의 삶에서 체험하지 못했던 그리움들이었다. 감동이 있는 삶을 살아야 떠난 뒤 누구의 가슴에 그리움을 남기듯이, 감동과 함께한 고산은 그래서 나에게 그리움을 남기나 보다.

"고산을 오르는 일은 삶의 축소판이었다."

병마와 싸워 이겨낸 사람들은 두 번의 삶을 산다고 하였다. 고통스런 병마와의 긴 싸움을 이겨내는 동안 삶과 죽음에 대한 깊은 고뇌를 성찰하게 될 것이다.

고산에 오르는 일은 스스로 선택한 길이지만 그와 닮은 점이 많을 것이라 여겨진다. 적지 않은 범부의 삶을 살았지만, 등반이라는 것이 어찌 그리 삶의 축소판을 옮겨다 놓은 것과 같은지 모르겠다.

한 능선을 올라 이젠 쉬어가려 하면 또 다른 능선이 기다리고 있다. 푸른 평원을 만나 행복의 노래를 부르면 질투라도 하듯이 보이지 않던 능선이 나타나 앞을 가로 막는다. 그리고 결국에는 육신의 한계점에 다다르는 고통으로 인내를 시험하려 한다. 감내하지 못하면 완주의 가슴 벅찬 희열은 없다.

현실의 삶에서 가끔씩 찾아오는 절망이란 벽, 그 벽을 넘고 일어서야 삶의 보람을 느낄 수 있듯이 고산에 오르는 일이 그와 꼭 닮지 않았나 싶다.

그리고 그 짧은 시간대에 육신에 드나드는 고통과 감동이 수도 없이 교차한다. 비경의 세계에서 짧은 시간이 긴 시간처럼 느껴지는 이유일 것이다.

"고산에 오르는 일은 자기와의 길고 긴 독백의 시간이다."

고산에 오를 때에는 문명의 혜택이라는 이름에 덧씌워진 속세의 보호막은 아무런 도움이 되지 않는다. 오히려 빨리 내려놓을수록 도움이 될 뿐이다. 등반을 할 때에는 오로지 자기만이 있을 뿐이다. 극한의 고통을 누가 감히 대신해 줄 수 있으랴. 온전히 자신에게 물음을 던지며 깊이 빠져드는 길고 긴 독백의 시간이기에 각박한 삶의 현실에서 자신을 돌아보는 소중한 성찰의 시간으로 자리매김하는 데 부족함이 없을 것이다.

"히말라야, 그곳에는 인생의 해답이 있다."

산을 좋아하는 이들에게 적극 권유하고 싶은 곳이 만년설산이다. 세계의 명산을 다 제쳐놓고 히말라야 품 안에는 꼭 한번 안겨보라고 감히 말하고 싶다. 당신이 지금 고민하고 있는 모든 것에 대한 해답이 그곳에 있기 때문이다. 더는 고민하지 마라. 히말라야를 마주하는 순간, 당신의 인생은 커다란 전환점을 맞게 될 것이다.

영혼이 자유를 만나다